CAMP CAMPUS

PÊL-DROED PENIGAMP

Robin Bennett

Mae Robin yn awdur ac yn entrepreneur sydd wedi ysgrifennu sawl llyfr i blant.

Yn 21 oed, roedd ar ei ffordd i fod yn swyddog yn y marchoglu (â gogfal tanciau), ond yn 21 a hanner oed, darganfyddodd ei hun yn gweithio fel torrwr beddau yn ne Llundain gan bendroni ble'r aeth popeth o'i le.

Mae Robin Bennett yn chwarae'r rhan fwyaf o gampau. Yn wael.

Matt Cherry

Tyfodd Matt i fyny'n ysgrifennu ac yn tynnu lluniau ar arfordir Caint, mae'n dal i fyw yno heddiw gyda'i wraig a'i ddau o blant. Mae'n dal i ddwlu ar ysgrifennu a thynnu lluniau bob dydd, felly dydy e ddim wedi newid fawr ddim. Mae jyst yn dalach o lawer.

CAMPAU CAMPUS

PÊL-DROED PENIGAMP

ROBIN BENNETT
LLUNIAU GAN
MATT CHERRY

Firefly

Cyhoeddwyd gyntaf yn Gymraeg yn 2022
25 Heol Gabalfa, Ystum Taf,
Caerdydd CF14 2JJ
www.fireflypress.co.uk

Mae cofnod catalog CIP o'r llyfr hwn
ar gael yn y Llyfrgell Brydeinig.

ISBN 978-1-915444-23-3

*Cyhoeddwyd gyda chymorth ariannol
Cyngor Llyfrau Cymru.*

Dyluniwyd gan: Becka Moor
Argraffwyd a rhwymwyd gan: CPI Group (DU) Cyf.,
Croydon, Surrey CR0 4YY

CYNNWYS

MAE'R LLYFR HWN YN EIDDO I

CYFLWYNIAD

Os ydych chi unrhyw beth yn debyg i mi, fe fyddwch chi'n gwybod fod pêl-droed gymaint yn fwy na gêm. Y teimlad anhygoel a hyfryd yna o wylio eich tîm yn sgorio gôl munud olaf i ennill y gêm, a chithau'n neidio ar eich traed ac yn gweiddi ac yn pwnio'r awyr fel petaech chi'n cwffio efo ysbryd. Y teimlad torcalonnus o siom pan fydd un o sêr y tîm arall yn sgorio *hat-trick* hawdd, a'ch tîm chi'n chwarae fel teulu o falwod blinedig. Mae hyn i gyd yn rhan o gefnogi a bod yn rhan o dîm, ac mae o'n hyfryd — nac ydi, yn fendigedig — i deimlo fel rhan o dîm.

Mae'n siŵr eich bod chi'n gwybod am y Wal Goch, sef yr enw maen nhw'n ei roi ar gefnogwyr tîm pêl-droed Cymru yn ddiweddar. Efallai eich bod chi'n rhan o'r Wal Goch eich hunan, ac, fel fi, yn gwybod pob math o ffeithiau difyr a dibwys am bêl-droedwyr tîm Cymru. Fedra i ddweud wrthych chi, er enghraifft, mor garedig ydi

Joe Allen efo ieir, a fod Aaron Ramsey wedi dechrau chwarae pêl-droed gyda'r Urdd.

Ond mae'r llyfr yma yr ydych chi'n dal yn eich dwylo yn cynnwys llwythi o ffeithiau difyr am bêl-droed nad oeddwn i'n gwybod amdanyn nhw o gwbl — a dwi'n ddipyn o nyrd pêl-droed!

Bydd darllen y llyfr yma'n gwneud i chi swnio'n glyfrach na chyflwynwyr *Sgorio* a *Match of the Day*. Felly mwynhewch y darllen **— a C'MON CYMRU!!**

MANON STEFFAN ROS

PENNOD 1:
HANES PÊL-DROED

Mae **pêl-droed** yn un o'r campau hynny sy'n teimlo fel petai wedi bod o gwmpas ers **oes pys**. Ers oes yr arth a'r blaidd hyd yn oed (ac mae'n siŵr fod yr arth a'r blaidd yn chwarae pêl-droed gyda'i gilydd).

Dwi'n meddwl y gallwn ni ddweud yn reit hyderus fod yna ddigonedd o greigiau a cherrig yn gorwedd o gwmpas y lle yn ystod y Cyfnod Jwrasig, sef yr union bethau a **wnaeth Oes y Cerrig** yn bosibl yn nes ymlaen. Oherwydd bod nifer fawr o'r lympiau hyn o gerrig fwy na thebyg yn:

⚽ a) eitha crwn

⚽ b) mynd yn y ffordd

⚽ c) ddigon bach i'w cicio i gyfeiriad dy frawd bach, mae'n hynod bosibl y rhoddwyd cynnig ar bêl-droed gan ambell i Felosiraptor wedi diflasu ar ei gwmni ei hun neu Fastodon chwim.

Wedi dweud hynny, cafodd pêl-droed ei chwarae gyntaf gan **bobl go iawn** yn Tsieina mewn dull cwrtais, braf mwy na 2000 o flynyddoedd yn ôl, mewn gêm o'r enw Cuju. Yna aeth i Wlad Groeg hynafol a Rhufain, cyn ymddangos yn Lloegr a galw'i hun yn '**foteball**'. Ffansi! Erbyn hynny doedd y gêm ddim yn un gwrtais *o gwbl*; roedd gemau'n para am ddyddiau, yn cynnwys cannoedd o chwaraewyr ac roedd goliau bron i dair milltir i ffwrdd oddi wrth ei gilydd, yn wir, roedd cymaint o ymladd nes i'r brenin Edward II ei gwahardd hi'n llwyr yn 1304.

Ond, gan nad oedd pobl yn dueddol o wrando ryw lawer ar Edward, a hyd yn oed os mai fe oedd y brenin, doedden nhw'n sicr ddim am ddechrau gwrando nawr. Felly, roedd pêl-droed yn parhau i gael ei chwarae yn y modd mwyaf gwyllt a threisgar hyd nes yr 16^{eg} ganrif. Dyma'r foment yn hanes **Campau Campus** pan gychwynnodd bachgen ysgol o'r enw Richard Mulcaster ysgrifennu llythyrau adref at ei rieni am chwarae gêm 'gyda phêl yn llawn gwynt' (wedi'i phwmpio ag awyr, ddim yn llawn rhechiadau drewllyd) roedd yn gêm â safleoedd penodol, dyfarnwr, neu reffarî, hyfforddwr a rheolau:

'ddim ... ysgwyddo mewn i'n gilydd mewn ffordd farbaraidd ... ond drwy ddefnyddio'n coesau'n bennaf.'

Roedd hyn yn golygu: chwarae gyda'ch traed, a cheisio peidio â niweidio'ch ffrindiau.

Digwyddodd hyn oll, fwy na thebyg, pan y dylai'r Bonheddwr Mulcaster o Eton fod yn bwrw ymlaen â'i waith cartref Groeg, a fyddai wedi gwneud y brenin Edward (petai yntau'n fyw o hyd) yn hollol gandryll.

⚽ Plant ysgol: am eu bod nhw'n barod i wneud bron unrhyw beth er mwyn osgoi gwneud gwaith go iawn – felly mae creu gemau'n rhywbeth poblogaidd i'w wneud bob tro.

⚽ A threnau: achos mae angen rhywbeth cyflymach nag asyn blinedig arnoch chi i'ch cael chi i'r gemau sy'n digwydd mewn mannau ble mae plant eraill.

Y rheolau swyddogol cyntaf i gael eu hysgrifennu oedd Rheolau Caergrawnt (*Cambridge Rules*) a

Rheolau Sheffield (*Sheffield Rules*). Roedd hyn yn golygu – cyn belled â bod pawb yn cytuno pa reolau i'w dilyn, hynny yw – fod pobl o glybiau ac ysgolion gwahanol yn gallu bod cant y cant yn siŵr eu bod nhw wedi dod i'r un fan i chwarae'r un gêm.

Ond, ar y pwynt hwn yn ein stori, mae'n bwysig dweud fod pêl-droed nid yn unig yn anhygoel am ei fod yn hynod hen **ond** hefyd achos heblaw am bêl-droed, fyddai'r holl gemau tîm eraill sy'n defnyddio peli ddim wedi bodoli chwaith. Mae'r rhain yn cynnwys (ddim mewn unrhyw drefn): rygbi, pêl-droed Gwyddelig, pêl-droed â rheolau Awstralia (g'day), pêl-droed Americanaidd (yî-ha), pêl-droed tanddwr, rhywbeth o'r enw jorkyball (os mai dim ond tri ffrind sydd gen ti) ... a phêl-droed babis, y mae pawb yn cytuno sy'n beth ardderchog, ac felly mae'n bendant yn fath o chwaraeon yn ein barn ni yn *Campau Campus*.

Heddiw, heb os nac oni bai, pêl-droed yw'r gamp fwyaf poblogaidd yn y byd. Yn ôl **FIFA**, mae dros 250 miliwn o chwaraewyr yn chwarae mewn 200 o wledydd gyda thros 3.5 biliwn o gefnogwyr – bron hanner yr holl bobl sydd yn y byd, yn ddynion, menywod, merched, bechgyn neu'r ci drws nesa – gyda chwaraewyr o bob oed a gallu!

Gan mai pêl-droed yw'r gamp fwyaf ar y blaned hon, mae'n hynod bwerus. Mae ymddygiad y chwaraewyr a'r pethau maen nhw'n eu dweud ar y cae ac oddi arno, yn cael eu gweld a'u clywed gan filiynau. Yn aml, mae chwaraewyr pêl-droed yn fwy enwog nag arlywyddion a sêr pop. Ac maen nhw'n mynd yn gyfoethocach wrth y funud.

Mewn gwirionedd, cynyddodd cyfartaledd cyflog chwaraewr pêl-droed yn yr uwch gynghrair o £45 yr wythnos yn 1961 i £60,000 yr wythnos yn 2020. Ac mae'r chwaraewyr sy'n cael eu talu fwyaf yn ennill yn agosach at £400,000 yr wythnos, sy'n ddigon o arian i brynu Ferrari bob ychydig ddyddiau a chael digon ar ôl ar gyfer tec-awês a losin a phrynu cwch neu ddau.

Mae rhai pobl yn credu fod yn hyn beth da – pobl gyfoethog fel arfer, a'r chwaraewyr pêl-droed enwog (a'u mamau) – tra bod rhai pobl eraill yn meddwl ei fod yn beth drwg iawn. Dydy'r gweddill ohonom ddim yn meddwl fawr ddim am y peth a jyst am barhau i chwarae'r gêm gyda'n ffrindiau neu i gael hwyl yn ei wylio ar y teledu.

FFEITHIAU DIFYR

Cafodd **pêl-droed** ei **wahardd** mewn nifer fawr o wledydd – a'i wahardd yn swyddogol yn yr Alban hyd nes **1906**.

Mae **pêl-droed** a **socer** yn ddau enw ar yr un peth.

Mae **menywod** wedi bod yn chwarae pêl-droed bron **cyn hired â dynion**. Ac, yn ystod y Rhyfel Byd Cyntaf, roedd pêl-droed menywod yn **fwy** poblogaidd o bosibl na gêm y dynion. Ar ddydd San Steffan 1920 daeth nifer anferthol o bobl i wylio'r ornest rhwng tîm Menywod Dick, Kerr a thîm Menywod St Helens ym Mharc Goodison, oddeutu **53,000**, gyda mwy na **14,000** o wylwyr wedi'u cloi'r tu allan i'r stadiwm. Roedd y chwaraewyr yn **sêr go iawn**. A neb mwy na **Lily Parr**. Roedd hi bron yn chwe throedfedd o daldra gydag un o'r ciciau mwyaf pwerus yn y gêm, fe **dorrodd hi arddwrn gôl-geidwad** unwaith, pan geisio atal ei hergyd hi at y gôl.

GARETH BALE

Caiff ei ystyried fel
un o'r chwaraewyr
pêl-droed gorau –
os nad y gorau –
y mae Cymru
wedi'u cynhyrchu
erioed. Y mae Gareth Bale
yn un o'r goreuon drwy'r
byd ym marn pawb sy'n
cyfrif. Gyda thros gant o gapiau i'w wlad,
mae wedi bod yn un o'r chwaraewyr allweddol lwyddodd
i gael Cymru mewn i'w cystadleuaeth Cwpan y Byd
FIFA cyntaf ers 1958. Felly beth yw ei gyfrinach?

CYFLYMDER

Ar ei gyflymaf, mae Bale yn un hynod anodd ei
ddal, a dyma sydd wedi'i wneud yn asgellwr mor
llwyddiannus. Gall Bale gyflymu fel motor-beic sy'n
cael ei yrru gan rywun sydd â sombis ar ei sodlau.
Drwy goedwig. Yn hwyr y nos.

GALLU ATHLETAIDD

Mae e wedi gweithio'n galed (fel pob chwaraewr ardderchog) i ddod yn hynod ffit, fel bod modd iddo chwarae gêm lawn ar lefel 100%. Nid yn unig hynny, Bale fydd un o'r chwaraewyr cryfaf ar y cae, sy'n ei wneud yn rhywun anodd ei daclo. Yn aml mae hyn yn ei roi mewn sefyllfa i sgorio neu gynorthwyo gyda hynny.

RHEOLI'R BÊL A CHICIO

Er hyn, dydy mynd i'r safle iawn i fedru creu gôl ddim yn ddigon ynddo'i hun. Mae Bale hefyd wedi canolbwyntio ar ei sgiliau rheoli pêl a chicio hynod bwerus o'r tu allan i'r bocs (mae'n sgorio'n aml o'r fan hon) a chiciau cosb (gan arbenigo mewn 'knuckleballs' sy'n gweu o gwmpas fel neidr yn yr awyr).

GWALLT CŴL

O ddifri: mae'n dda iawn, iawn ar benio'r bêl ac rydyn ni'n hollol sicr fod clymu'i wallt ar ei gorun yn helpu gyda hynny.

DIGWYDDODD RHYWBETH DONIOL ...

Y mae tystiolaeth fod pêl-droed yn cael ei chwarae mewn sawl man drwy'r byd. Yn **1586** darganfu fforiwr o Loegr o'r enw **John Davis** lwyth Inuit o'r Ynys Las (*Greenland*) yn cynnal gornest, torrodd ar ei fordaith ac ymuno yn y gêm.

Dyddiadau i'w cofio

1174 (tua) Y sôn cyntaf (gan William FitzStephen) am bêl-droed fodern.

1526 Nodwyd yng nghofrestr yr esgidiau brenhinol fod Harri'r VIII yn berchen ar un o'r parau cyntaf o esgidiau pêl-droed erioed.

1824 Ffurfiwyd y clwb pêl-droed cyntaf yng Nghaeredin.

1857 Ffurfiwyd un o'r clybiau pêl-droed proffesiynol hynaf, Sheffield FC. Mae nifer o glybiau eraill hefyd yn dweud mai nhw yw'r clwb proffesiynol cyntaf, clybiau fel Swydd Nottingham, Caergrawnt a Crystal Palace.

1871/2 Sefydlu Cystadleuaeth Cwpan Her y Gymdeithas Bêl-droed (y Cwpan FA) fel y gystadleuaeth bwysig gyntaf pan gafodd ei chwarae ar faes criced yr Oval.

1872 Yr ornest ryngwladol gyntaf rhwng yr Alban a Lloegr: daeth 4,000 i wylio gêm ddi-sgôr.

1891 Cyflwynwyd y gic o'r smotyn am y tro cyntaf.

1894 Ffurfio Clwb Pêl-droed Merched Prydain. Dros 11,000 yn gwylio'r ornest gyntaf.

1904 Sefydlu FIFA gan Ffrainc, Gwlad Belg, Denmarc, yr Iseldiroedd, Sbaen, Sweden a'r Swistir.

1908 Chwarae pêl-droed yn gystadleuol y tro cyntaf yn y Gemau Olympaidd.

1930 Cynhaliwyd Cwpan y Byd Pêl-droed Dynion am y tro cyntaf yn Uruguay, enillwyd gan Uruguay (4-2 yr erbyn yr Ariannin).

1991 Cynnal Cwpan y Byd Pêl-droed Merched am y tro cyntaf yn Tsieina.

LIONEL MESSI

Bu Messi'n gapten ar yr Ariannin, enillodd y mwyaf o gapiau dros ei wlad, ac enillodd saith **BALLON D'OR**, sgoriodd dros 750 o goliau proffesiynol, bu'n chwaraewr y flwyddyn i ddynion gyda FIFA ... mae'n gallu gwneud pob dim. Roeddwn i'n lwcus i weld Messi'n chwarae i Barcelona unwaith. Gêm yn erbyn **REAL MADRID** oedd hi ac roeddwn i yn y man perffaith i weld Messi'n sgorio – heblaw am un peth, o'r fan ble'r oeddwn i'n eistedd (ro'n i'n union y tu ôl iddo) doedd ganddo ddim gobaith caneri – roedd yn hollol amhosibl. Doedd dim ffordd drwy ddau amddiffynnwr a gôl-geidwad. Ond ro'n i'n anghywir: gwnaeth Messi rywbeth gyda'i draed, ei gluniau a'i ddwylo ... roedd fel tric hud a lledrith a dwyllodd fi a'r amddiffynwyr gan slotio'r bêl yn hamddenol yng nghefn y rhwyd. Welais i ddim byd tebyg erioed o'r blaen. Taswn i wedi gwneud hynny, mi fyddwn i wedi dawnsio, troelli a neidio'n fuddugoliaethus am y pum munud nesa, ac wedi ffonio Mam, ond dim ond gwenu wnaeth Messi a chodi llaw ar y ffans. Wedi'r cyfan, dyna pam roedd e ar y cae.

Nid Messi yw'r amddiffynnwr cryfaf, na'r ymosodwr cyflymaf, na chwaith y neidiwr gorau (mae'n reit fyr, i fod yn deg). Ond heb os, fe yw'r chwaraewr gorau yn y byd heddiw ac yn bendant mae'n un o'r goreuon i chwarae'r gêm erioed.

PAM?

Wel, ei allu i ddriblo'r bêl i ddechrau.
Nid fe yw'r rhedwr cyflymaf heb y bêl, ond does yna'r un chwaraewr sy'n well ar ddriblo'r bêl, yn enwedig gyda'i droed chwith 'hudol'. Mae'n cadw'r bêl yn agos ac yn symud fel mellten ... ond y peth mwyaf anhygoel yw, mae'n gwneud i'r cyfan edrych yn HAWDD.

AMYNEDD

Oherwydd yr enw da sydd ganddo, bydd chwaraewyr eraill yn ceisio'i atal rhag dod yn rhan o'r gêm ac yn heidio o gwmpas Messi fel gwenyn gwyllt os daw'n agos at y bêl. Yn aml, gall Messi edrych fel tae e ddim yn rhan o gêm am y rhan fwyaf o'r amser ... yna, pan nad oes unrhyw un yn disgwyl, mae'n taro.

DEALLUSRWYDD

Fel pob un o'r chwaraewyr gorau, gall weld beth sy'n digwydd mewn gêm heb edrych, ac weithiau, cyn iddo ddigwydd hyd yn oed. Mae gallu dweud ble i roi pàs neu mae gallu rhedeg i wagle cyn unrhyw un arall yn fantais fawr.

CYWIRDEB

Un o'r rhesymau y mae wedi sgorio cymaint o goliau yw nid pa mor galed mae'n gallu cicio ond y ffaith ei fod yn TARO'R TARGED bron bob tro. Yn wahanol i'r rhan fwyaf ohonon ni, welwch chi ddim o Messi'n cicio'r bêl hanner milltir dros ben y gôl neu'n ei chlatsio hi mor bell o'r pyst nes bwrw dyn camera yn ei wyneb.

Mae'n hoff chwaraewr i lawer, gan gynnwys David Beckham.

PENNOD 2: CWRDD Â'R CHWARAEWYR

Dydy safleoedd mewn pêl-droed ddim mor sefydlog ag mewn campau eraill fel rygbi neu bêl-droed Americanaidd (ac ni ddylai'r gêm honno gael ei galw'n bêl-droed mewn gwirionedd, gan fod y rhan fwyaf o'r chwarae'n digwydd gan ddefnyddio'r dwylo). Mae hyn yn golygu nad yw pob safle'n cael ei ddefnyddio mewn pêl-droed bob tro mae'r gêm yn cael ei chwarae, sydd hefyd yn rhoi mwy o ddewis i dimau pan fyddan nhw'n penderfynu chwarae ffurfiau ymosodol neu amddiffynnol ... neu'r ffurfiau 'hongian o gwmpas rhywle tua'r canol'.

Mae peidio â chael safleoedd sefydlog yn un o'r rhesymau pam fod pêl-droed yn gêm mor gyflym a chynhyrfus.

Wedi dweud hynny, mae angen **gôl-geidwad** ar bob tîm ac yna llond dwrn o **amddiffynwyr** i wneud yn siŵr nad yw'r gôl-geidwad yn cael ei adael ar ei ben ei hun am naw deg munud. Yna bydd angen blaenwyr neu does yna'r un gôl am gael ei sgorio, ac mae hynny'n gadael darn mawr gwyrdd gwag rhwng pawb sydd angen ei lenwi, felly mae angen

chwaraewyr canol cae.

Mae un ar ddeg chwaraewr ar bob tîm (gan gynnwys y gôl-geidwad) a heblaw am y chwaraewyr hyblyg (utility) – y Cledwyns Clyfar sy'n medru chwarae unrhyw le ar y cae – mae'r rhan fwyaf o'r chwaraewyr yn eitha arbenigol.

TRYMPS-TASTIG PÊL-DROED (yn seiliedig – fwy neu lai – ar system 4-4-2, gweler t.74)

1. GÔL-GEIDWAD

Dwylo comedi mawr: 10
Gallu dal: 10
Llamu i'r ochr: 10
Dewrder: 10
Gallu i ddioddef poen: 10
Gallu i ddioddef diflastod: 8
Cit chwaethus: 3

Mae angen i **gôl-geidwad** da fod mor heini â chath sydd newydd ddarganfod ei hun mewn cwpwrdd cyfyng yn llawn pryfed cop gwenwynig, ac ar yr un pryd rhaid bod yn dal iawn, gyda dwylo sy'n medru cael eu gweld o'r gofod. Mae hefyd o help os nad oes ots gen ti gael dy gicio yn dy wyneb gan esgidiau pêl-droed mwdlyd, derbyn peli gwlyb yn glatsh yn dy wep, neu gael blaenwyr y tîm arall yn gweiddi i dy wyneb. Byddi di hefyd yn treulio'r rhan fwyaf o'r gêm yn neidio o gwmpas yn yr unfan yn union fel taset ti'n ceisio gweld dros ffens yr ardd ... er, ti ond yn gwneud hyn i gadw'n gynnes.

Y gwir yw, oni bai am y ffaith nad wyt ti'n hoff o redeg, mae'n safle anodd trybeilig i chwarae ynddi. Ond os wnei di arbed cic o'r smotyn, byddi di'n disgleirio'n fwy llachar na'r haul.

AMDDIFFYNWYR

2. CEFNWR DE A 3. CEFNWR CHWITH

⚽ Y gallu i ruthro o gwmpas am naw deg munud heb stop: **10**
⚽ Taclo: **10**
⚽ Crimogau fel bariau haearn: **10**
⚽ Gallu tactegol cadfridog o Fongolia'r ddegfed ganrif: **10**
⚽ Penio'r bêl: **10**
⚽ Ffrind i'r blaenwyr: **8**
⚽ Cael hunllefau am sgorio goliau i'w rwyd ei hun: **1**

Rhaid i'r **Cefnwr** fod yn dda iawn am redeg wysg ei gefn, ymlaen ac i'r ochr – y cyfan ar yr un pryd yn ddigon aml. Dyma'r safle agosaf at y llinell ystlys, yn y cefn, mae'r rôl yn un amddiffynol pan fydd y bêl gan y tîm arall ac yn ymosodol pan fydd y bêl gan dy dîm di.

Os yw tîm yn chwarae mwy o **Gefnwyr Canol** (gweler y cerdyn nesa), yna weithiau gall y safle droi'n **Asgellwr Cefn** sy'n safle mwy ymosodol.

Felly, heblaw am redeg o gwmpas cryn dipyn, mae gan **Gefnwr** da syniad ardderchog o'r hyn sy'n digwydd yn y gêm drwy'r amser.

Rhaid bod yn glyfar ac yn wydn.

4. CEFNWR CANOL A 5. CEFNWR CANOL ARALL

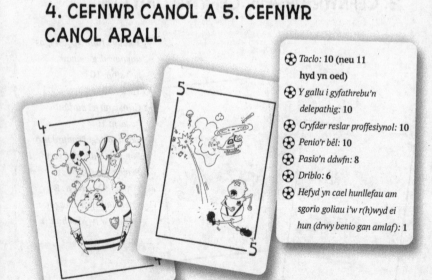

⚽ *Taclo:* **10 (neu 11 hyd yn oed)**
🌐 *Y gallu i gyfathrebu'n delepathig:* **10**
⚽ *Cryfder reslar proffesiynol:* **10**
⚽ *Penio'r bêl:* **10**
⚽ *Pasio'n ddwfn:* **8**
⚽ *Driblo:* **6**
⚽ *Hefyd yn cael hunllefau am sgorio goliau i'w r(h)wyd ei hun (drwy benio gan amlaf):* **1**

Mae nifer o dimau'r dyddiau hyn yn dewis tri **Chefnwr Canol** a nhw fydd y llinell amddiffyn olaf, neu'r 'atalwyr'. Ond, mae hynny'n gwneud rhywbeth sy'n hynod gymhleth a chrefftus i swnio'n syml. Nid yn unig fod angen i **Gefnwyr Canol** fod yn wych o heini – fel y gallan nhw ddifetha diwrnod chwaraewr canol cae neu flaenwr drwy eu hatal rhag sgorio goliau welwch-chi-fi ac edrych yn grêt – mae hefyd rhaid bod yn gryf a gweithio gyda'i gilydd fel peiriant. Rhaid iddyn nhw hefyd fod cystal yn yr awyr ag unrhyw ymosodwr.

Maen nhw felly fel chwaraewr pêl-fasged fwy neu lai, sydd hefyd yn digwydd bod yn dda iawn am wneud balé.

2022:
Mae Cymru'n chwarae yn eu gornest Cwpan y Byd FIFA cyntaf ers 1958. Adeg cyhoeddi'r llyfr hwn roedden nhw yn y 18fed safle drwy'r byd.

Cofnododd tîm Cymru'r cynnydd mwyaf yn hanes graddio safleoedd o fewn Graddio'r Byd FIFA, gan symud o safle 117 yn 2011 i'r 8fed safle yn 2015.

6. AC 8. CHWARAEWYR CANOL CAE CANOLOG

🏐 Gallu cyffredinol: **10**
🏐 Bod mewn sawl lle ar yr un pryd: **10**
🏐 Menter: **10**
🏐 Saethu o bellter: **10**
🏐 Gweithio'n galed: **10**
🏐 Amddiffyn (yn amlwg): **10**
🏐 Ymwybyddiaeth ofodol fel ystlum: **10**
🏐 Stamina gwennol ar wib: **10**
🏐 Disgyblaeth: **10**
🏐 Cyflymder: **7**
🏐 Dribio: **6**
🏐 Bod yn ddiymhongar: **2**

Gartref, mae'n debyg fod **Chwaraewyr Canol Cae Canolog** yn medru gwneud gwaith algebra cymhleth, dadflocio'r tŷ bach, pobi cacen, gosod silffoedd a dysgu'r ci i wneud triciau syrcas. Y cyfan ar yr un pryd. Ar y cae, rwyt ti yn ei chanol hi: yn amddiffyn, yn creu'r chwarae, yn cadw ffurf y tîm, yn ymosod. Petai pêl-droed yn frwydr, y **Chwaraewr Canol Cae Canolog** fyddai'r un ar gefn ceffyl cŵl yng nghanol popeth yn chwifio clamp o fwyell anferth o gwmpas ... gan weiddi.

Mae angen tactegau gwych arnat ti, am fod llawer o'r 'chwarae' (tactegau cyflym ymosodol) yn dod gan y **Chwaraewr Canol Cae Canolog**, ond bydd angen i ti fod yr un mor hapus yn amddiffyn neu'n pasio peli da at y blaenwyr fel y gallan nhw gymryd yr holl glod.

Dyma safle y mae modd ei newid i fod yn **Chwaraewr Canol Cae Amddiffynol** sydd ddim yn golygu bod hawl gyda ti i ddal gafael ar unrhyw beth (y bêl, dwylo pobl garedig, dillad isaf unrhyw ymosodwr sy'n digwydd mynd heibio). Y prif beth sydd angen i ti ei wneud yw chwalu ymosodiadau gyda thraed sy'n glynu wrth y bêl fel tasen nhw wedi'u gludo'n dynn at y lledr.

Y prif waith yw cadw'r bêl a) yn y parth ymosod (hanner y tîm arall) a b) allan o'r parth amddiffyn (hanner dy dîm di).

Mae hefyd rhaid i ti fod yn hynod ffit. Mewn unrhyw ornest, gall **Chwaraewr Canol Cae Canolog** redeg dros saith milltir (tua 11km os wyt ti'n rhedeg yn Ewrop). Ond bydd angen llygaid arbennig o dda arnat ti hefyd gan mai ti yw'r glud sy'n clymu amddiffyniad ac ymosodiad dy dîm at ei gilydd.

Petai gan **Chwaraewyr Canol Cae Canolog** bwerau goruwchnaturiol, fyddai dim angen cefnwyr na gôl-geidwaid. Ond yn anffodus, dydy'r rhan fwyaf ohonom ni ddim wedi cael ein haddasu'n enetig i fod yn robots pêl-droed diguro, felly, rhaid i'r rhan fwyaf o **Chwaraewyr Canol Cae Canolog** weithio'n galed iawn ar sgiliau fel taclo, pasio, driblo (gyda'r bêl ar y cae, nid dros eu crysau).

7. CHWARAEWYR CANOL CAE CHWITH AC 11. CANOL CAE DDE

- ⚽ Croesi'r bêl: **10**
- ⚽ Driblo: **10**
- ⚽ Brwydro gyda'r amddiffynwyr: **10**
- ⚽ Gwibio fel beic modur: **10**
- ⚽ Newid cyfeiriad: **8**
- ⚽ Twyllo amddiffynwyr: **8**
- ⚽ Aros yn llonydd am fwy nag eiliad neu ddwy: **2**

Weithiau, (yn reit aml, a dweud y gwir) maen nhw'n cael eu galw'n **Asgellwyr** – y chwaraewyr nad oes ots gyda nhw fod ar ymylon y gêm am eu bod nhw'n caru rhedeg fel milgwn ar hyd yr ochr tu allan fel tasen nhw wedi'u gyrru gan danwydd roced, twyllo amddiffynwyr i redeg i'r cyfeiriad anghywir a gorffen drwy groesi'r bêl i ardal y gôl gyda chywirdeb marwol a chyflymder anhygoel aderyn rheibus o oes y deinosoriaid sydd newydd lygadu cwningen fechan, ddiniwed.

Bydd angen i ti fod yn amyneddgar, achos weithiau does yna ddim llawer yn digwydd i ti ar y cae, yna rhaid bod yn hynod gyflym wrth ymateb pan fydd y cyfle'n codi. Mae hyn oherwydd bydd **Cefnwr** da wastad yno i geisio dy atal di rhag gwneud yr hyn rwyt ti'n ei fwynhau fwyaf: sef creu goliau neu hyd yn oed i gymryd ergyd at y gôl dy hun – o ongl letchwith fel arfer, sy'n gwneud y cwbl yn fwy bendigedig fyth os wyt ti'n llwyddo i sgorio.

Yn aml, '7' yw'r rhif sy'n cael ei ystyried fel yr un lledrithiol.

BLAENWYR

9. BLAENWR

🏀 Gallu i sgorio goliau: **10**
🏀 Gwybodaeth o'r rheol camsefyll: **10**
🏀 Cyflymder: **10**
🏀 Yn dda o dan bwysau: **10**
🏀 Dull dathlu goliau doniol: **10**
🏀 Amddiffyn: **6**
🏀 Ffrind i'r gôl-geidwad: **2**

Mae **blaenwyr** yn dod mewn pob siâp a maint. Mewn gwirionedd, does dim ots os wyt ti'n hen fenyw â throli siopa, yn lwmp o jeli ag ymennydd neu'n chwyddbysgodyn sy'n llawn awyr – os fedri di gadw dy ben o dan bwysau pan fo (hyd at) ychydig filiwn o gefnogwyr yn gweiddi atat ti a sawl amddiffynnwr maint hen ddresel dy nain yn ceisio dy falu di'n rhacs a dy fod di'n dal i lwyddo sgorio, yna heb amheuaeth, blaenwr wyt ti. Bydd rhaid i ti weithio hefyd ar dy ddull dathlu gôl unigryw ac anhygoel di.

Mae cyflymder i gyrraedd y bêl a chywirdeb wrth roi cic neu wrth benio'r bêl yn hanfodol, ond bydd angen i ti datwio'r rheol camsefyll ar dy ymennydd â laser. Gelli di fod yn chwaraewr sy'n gosod ei hun yn bell ar y blaen sydd ddim yn helpu gydag adeiladu'r chwarae; gelli di fod yn chwaraewr targed, rhywbeth da i chwaraewyr tal sy'n medru ennill brwydrau yn yr awyr yn erbyn amddiffynwyr pan fo'u blaenwyr nhw'n rhoi'r bêl yn yr awyr; neu chwaraewr sy'n tynnu'r amddiffynnwyr i ffwrdd oddi wrth y chwaraewyr eraill, fel y gallan nhw'n sgorio eu hunain.

Fwy na thebyg ar ddiwedd gêm y blaenwr fydd arwr mwyaf neu ddihiryn gwaetha'r gêm.

10. BLAENWR CANOL

10

10

- ⚽ Gallu i sgorio goliau: **10**
- ⚽ Gwybodaeth o'r rheol camsefyll: **10**
- ⚽ Cyflymder: **10**
- ⚽ Yn dda o dan bwysau: **10**
- ⚽ Dull dathlu goliau doniol: **10**
- ⚽ Amddiffyn: **8**
- ⚽ Ffrind i'r gôl-geidwad: **2**

O ie, dyna ni, ti'n iawn, **Blaenwr** arall yw'r **Blaenwr Canol** fwy neu lai. Mae ganddyn nhw sgiliau sydd ddim gan y Blaenwr arall (neu'r prif flaenwr), er enghraifft maen nhw'n dda yn yr awyr neu'n arbennig am atal amddiffynwyr rhag cael eu traed bach budr ar y bêl wrth i'r ymosodwyr eraill gael eu hunain i'w lle. Ond, ar ddiwedd hyn oll, maen nhw yno am fod modd dibynnu arnyn nhw i gael y bêl i gefn y rhwyd ar y cyfle cyntaf.

Pobl athrylithgar ond diymhongar yw'r **Blaenwyr Canol**. Nhw yw'r rhai y gwnawn ni weiddi cefnogaeth iddyn nhw ar brynhawniau rhynllyd o oer pan fyddwn ni'n teimlo bod ein traed ni wedi troi'n flociau iâ a'n dwylo ni'n liw pryderus o las.

33

Ond does dim ots gan neb am hynny, achos nhw yw'r rhai sy'n ein hatgoffa ni pa mor anhygoel yw pêl-droed.

RHAI SAFLEOEDD ERAILL

Gêm gyflym a hylifol yw pêl-droed ac mae gan reolwr tîm ddigonedd o ddewis wrth benderfynu pa safleoedd a ffurfiau gaiff eu defnyddio ar gyfer y tymor neu hyd yn oed ar gyfer gêm benodol. Mae'n seilio hyn ar sgiliau'r chwaraewyr sydd ganddo, y tîm y maen nhw'n chwarae yn ei erbyn a pha strategaeth a thactegau yr hoffen nhw eu defnyddio (gweler Pennod 4).

Dyma rai safleoedd posibl eraill y gallan nhw eu dewis.

DYFYNIAD DA

'I fod y tîm gorau, mae'n rhaid i chi ddefnyddio'ch corff a'ch meddwl. Defnyddiwch adnoddau eich cyd-chwaraewyr. Byddwch ddoeth wrth ddewis eich camau a byddwch chi'n ennill. Cofiwch, dim ond tîm sy'n llwyddo.'

– Jose Mourinho

SGUBWR

Wrth i'r gêm ddod yn fwy cyfrwys, dyfeiswyd safle'r
Sgubwr. I ddechrau, eu gwaith nhw oedd aros yn ôl
tua'r cefn gyda'r amddiffynwyr a 'sgubo' unrhyw beli
rhydd oedd yn dod o dacl, yna eu clatsio i fyny'r cae
cyn belled i ffwrdd o'r gôl ag oedd yn bosibl. Ond,
nawr, mae disgwyl iddyn nhw i 'greu'r chwarae':
golyga hyn bod angen iddyn nhw basio'n gywir o
bellter at y chwaraewyr canol cae neu redeg â'r
bêl i fyny'r cae er mwyn ffurfio gwrthymosodiad
dinistriol, sy'n ei gwneud nhw'n fwy o **Chwaraewr
Canol Cae Amddiffynnol**.

CHWARAEWR CANOL CAE YMOSODOL

Gallai'r rheolwr benderfynu fod angen mwy o allu
ymosodol ar y chwaraewyr canol cae yn y tîm (o
ran eu gallu i ymosod ar y bêl nid i weiddi geiriau
anfoesgar a rhegi). Bydd **Chwaraewr Canol Cae
Ymosodol** yn berchen ar yr un gallu â chwaraewr
canol cae cyffredin ond efallai â sgiliau pêl pasio a
tharo o bellter gwell.

MEWNWR

Yn y bôn, **Asgellwr** yw hwn sy'n gwrthod gwneud beth mae rhywun yn ei ddweud wrtho neu wrthi. Bydd tîm yn chwarae **Mewnwr** neu **Asgellwr** ond byth y ddau ar yr un pryd, gan fod eu gwaith nhw'n debyg iawn. Yr unig wahaniaeth yw na fydd y **Mewnwr** yn treulio cymaint o amser yn rhedeg i fyny ac i lawr y llinell ystlys fel un o'r camerâu robotaidd hynny sy'n cael eu defnyddio yn y gemau mawrion. Yn hytrach maen nhw'n gosod eu hunain yn agosach at y canol a bod yn fwy o fygythiad sgorio.

Cymru yw'r genedl leiaf o ran poblogaeth i gyrraedd rownd gynderfynol Pencampwriaeth Ewropeaidd UEFA, ar ôl cyrraedd rowndiau cynderfynol Ewro 2016 UEFA.

Cymro Cymraeg o'r enw Llewelyn Kenrick sy'n cael ei adnabod fel 'tad pêl-droed yng Nghymru'. Cyfreithiwr oedd Llewelyn Kenrick, a sylfaenydd Cymdeithas Bêl-droed Cymru. Fe hefyd drefnodd yr ornest bêl-droed ryngwladol gyntaf i Gymru yn erbyn yr Alban yn 1876.

YR AIL FLAENWR

Ry'n ni gyd wedi bod yno: mae'r bêl yn symud ymlaen, mae rhywun yn saethu am y gôl ac mae'n bownsio oddi ar y trawst neu oddi ar wyneb rhywun ac yn glanio wrth dy draed. Byddai llawer o bobl (gan gynnwys yr awdur) yn cynhyrfu gormod ar y pwynt hwn ac yn cicio'r bêl cyn galeted ag y medrai – yn syth dros y gôl ac i mewn i'r maes parcio.

Ond ddim os mai ti yw'r **Ail Flaenwr**! Cyn i'r Gôl-geidwad allu cydio ynddi neu cyn i'r Cefnwr allu ei chlirio, byddi di wedi cymryd y bêl ar yr hanner foli a sgorio.

Er mawr ryddhad a llawenydd gwyllt i bawb, wrth gwrs.

'Mae llawer yn dweud mai fi yw'r chwaraewraig bêl-droed orau yn y byd. Dydw i ddim yn credu hynny. Ac am y rheswm hynny, efallai y byddaf i ryw ddiwrnod.'

– Mia Hamm

FFEITHIAU DIFYR

Y gôl hiraf mewn pêl-droed proffesiynol

Sgoriodd gôl-geidwad Casnewydd, **Tom King**, gôl yn erbyn Cheltenham yn 2021 o'i gwrt cosbi ei hun. Hedfanodd **315 troedfedd** anhygoel (96.01 metr) cyn glanio yng nghefn rhwyd y gôl-geidwad syn, **Joshua Griffith**.

Ond yr amddiffynnwr **Ronny** o Sporting Lisbon sy'n cael y wobr am y **gic gryfaf** a fesurwyd ar gyflymder o **221 km yr awr** (mwy na 137 milltir yr awr). Camp yn wir!

DIGWYDDODD RHYWBETH DONIOL ...

Byddai unrhyw chwaraewr sy'n llwyddo i sgorio pedair gôl yn yr un gêm fel arfer wedi gwirioni ar eu llwyddiant – fel y byddai'r holl gefnogwyr, gweddill y tîm a'u mamau nhw hefyd. Yn anffodus i amddiffynwr Aston Villa, Chris Nicholl, roedd dwy o'r pedair gôl yn goliau i'w rwyd ei hun dros Gaerlŷr. Er mwyn gwneud ei gamgymeriadau hyd yn oed yn fwy amlwg, fe oedd yr unig un i sgorio yn ystod y naw deg munud cyfan – gorffennodd y gêm yn un gyfartal, 2-2. Wedi dweud hynny, wrth roi cyfweliad ar ddiwedd y gêm, roedd yn swnio'n reit hwyliog.

'Roedd y drydedd gôl, ail gôl Caerlŷr, yn gracer. Y gôl orau i mi ei sgorio erioed. Peniad wrth ddeifio. Fyddai'r un gôl-geidwad wedi arbed honno. Yn ddigon ffodus gwnaeth fy mhedwaredd gôl ddod â [Aston] Villa'n gyfartal, felly roedd hynny'n rhyddhad.'

CRISTIANO RONALDO

Pe tasai robotiaid hynod glyfar yn cynllunio peiriant
sgorio goliau, fwy na thebyg y byddai'n edrych ac
ymddwyn yn ddigon tebyg i Cristiano Ronaldo, ond
ddim yn poeri cymaint, o bosib.

Eisoes fe yw'r sgoriwr uchaf yn holl hanes
pêl-droed (gweler t.108), mae'n bosibl y gallai'r
chwaraewr hwn o Bortiwgal orffen ei yrfa ar
1,000 o goliau proffesiynol. Anghredadwy.

Felly, sut mae e'n gwneud hynny?

GWAITH CALED IAWN

Mae'n flin gen i, ond mae'n wir. Ronaldo yw un o'r
chwaraewyr sy'n gweithio galetaf ar y blaned hon –
ac er ei fod yn 37 (sy'n ofnadwy o hen am
chwaraewr pêl-droed), gall neidio'n uwch na nifer o
chwaraewyr pêl-fasged (FFAITH) ac mae ganddo'r

cryfder corfforol i wthio'i ffordd heibio i'r amddiffynwyr caletaf. Mae ganddo eight-pack a choesau fel merlen pwll glo.

CRYFDER MEDDWL

Ond dydy cael cerdyn aelodaeth i'r gampfa ddim yn ddigon ... eto, er gwaetha'i lwyddiannau, mae'n hynod, hynod gystadleuol ac mae'n DAL i wthio'i hun i'r eithaf bob tro mae'n camu ar y cae.

CLYFRWCH

Mae wastad wedi bod yn ddigon clyfar i wybod nad yw sgiliau cicio a driblo ardderchog yn ddigon: mae Ronaldo nid yn unig yn dysgu oddi wrth ei (ychydig) gamgymeriadau ond mae hefyd yn dweud mai ei brif nod (heblaw am y gôl ei hun) yw i FWYNHAU EI HUN pan mae'n camu ar y cae.

Efallai bod llwyddiant a hunangred yn gwneud iddo edrych fel ychydig o ben bach ar adegau ond os oes unrhyw un yn haeddu meddwl ei fod yn SIWPYR-SEIBORG PÊL-DROED, wel Ronaldo yw hwnnw.

PENNOD 3:
Y GÊM

Y Cae

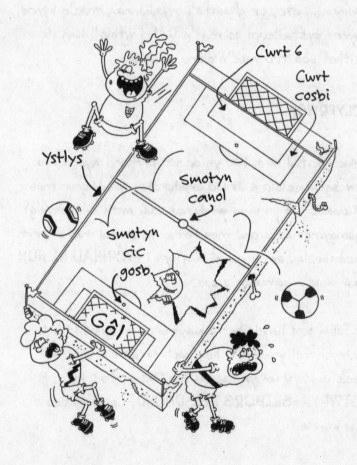

Cwrt 6

Cwrt cosbi

Ystlys

Smotyn canol

Smotyn cic gosb

Gôl

Fel ry'n ni gyd yn gwybod, mae'n bosibl chwarae pêl-droed yn unrhyw le bron: ar laswellt, AstroTurf, tarmac, ar ddaear foel; mewn stadiwm gyda channoedd ar filoedd o bobl yn gwylio, ar y stryd, mewn parc chwarae, mewn parc peli, ar y traeth, yn y cyntedd neu ar iard.

Gyda phêl-droed does dim angen poeni gormod am wneud yn union yr un peth drwy'r amser, bob tro. Mae **Bwrdd y Gymdeithas Bêl-droed Rhyngwladol** (IFAB), sy'n ysgrifennu rheolau pêl-droed, yn dweud y gall cae pêl-droed proffesiynol fod yn unrhyw faint o 50 i 100 llath mewn lled a 100 i 130 llath o ran hyd.

Yr hyblygrwydd eithafol hwn yw un o'r pethau gorau am bêl-droed ac mae wedi helpu'r gamp i ddod yn gêm mor wallgo o boblogaidd yn fyd-eang: er enghraifft mae'r caeau chwarae yn Fulham (Craven Cottage), Crystal Palace (Selhurst Park) a Lerpwl (Anfield) i gyd rhyw bump neu chwe llathen yn fyrrach na'r rhan fwyaf o gaeau.

Yn wir, fe chwaraeais i gêm ar do fflat yn edrych dros Lundain unwaith. Yn hynod, hynod o ofalus.

A chan ein bod ni'n trafod pwnc meintiau arferol, dydy'r bêl hyd yn oed ddim yn gorfod bod yr union yr un faint bob tro mewn gornest broffesiynol. Yn ôl Wicipedia, sy'n gwybod popeth:

'Maint a phwysau arferol pêl-droed yw

amgylchedd o 68–70 cm a phwysau o rhwng 410–450g. Dylai'r bêl gael ei llenwi ag aer hyd at bwysedd o 0.6 a 1.1 bar (8.7 a 16.0 psi) ar lefel y môr. Dyma yw Maint 5.'

Felly, dyna ni.

Mae angen offer penodol iawn er mwyn gallu gwneud y rhan fwyaf o gampau eraill, er enghraifft:

Nofio – gogls, pethau tebyg i ddillad isaf sy'n stretsio na fyddech chi'n breuddwydio am gael eich gweld yn eu gwisgo fel arfer, a dim byd fyddai'n gwneud i chi suddo (e.e. arfwisg),

Tenis – raced, nifer fawr o beli,

Sgïo – sgis, dillad sy'n medru gwrthsefyll eirth gwynion,

Plymio awyr – awyren ac o leiaf un parasiwt. Mae dau yn well fyth.

A man arbennig i wneud y cystadlu:

Nofio – dŵr (mwy na chynnwys y bath),

Tenis – dim bryniau na thyllau, ac mae angen rhwyd hefyd,

Sgïo – nifer o fynyddoedd defnyddiol sy'n digwydd bod yn agos i'w gilydd,

Plymio awyr – digon o awyr gwag, dim llosgfynyddoedd byw ... o gwbl.

Ond cyn belled â bod gyda ti rywbeth sy'n weddol grwn ac nad wyt ti'n digwydd bod wedi dy glymu wrth barasiwt tua hanner milltir i fyny yn yr awyr er enghraifft, mae gennyt ti siawns go dda o ddod o hyd i rywle addas ar gyfer sesiwn cicio pêl.

SGORIO

Mae sgorio'n chwerthinllyd o syml.

    Mewn theori: rwyt ti'n sgorio gôl (gwerth un pwynt) drwy roi'r bêl 'yng nghefn y rhwyd,' hynny yw: mae'n rhaid iddi fynd rhwng y pyst gôl, o dan y trawst a thu ôl i'r llinell gôl. A, chyn belled na wnest ti ddefnyddio dy ddwylo, nac unrhyw beth mecanyddol i gael y bêl dros y llinell (fel catapwlt neu daniwr roced), mae'n gôl.

Ac yna mae pawb yn gweiddi a chymeradwyo.

Go iawn, mae'n llawer anoddach na hynny achos bydd nifer o bobl yn trio'u gorau i dy atal di rhag sgorio gôl, felly dyna pam mae bechgyn a merched sy'n dechrau chwarae pêl-droed yn gorfod dysgu gweithio fel tîm.

Gall goliau gael eu sgorio mewn pum gwahanol ffordd:

⚽ **Ergyd at y gôl** mewn chwarae agored (o unrhyw le ar y maes, gan unrhyw chwaraewr)

⚽ **Cic rydd**, ar ôl trosedd a ddigwyddodd y tu allan i'r cwrt cosbi

⚽ **Cic o'r smotyn**, ar ôl trosedd ddigwyddodd yn y cwrt cosbi

⚽ **Cic gornel**, pan fydd y bêl wedi'i rhoi y tu hwnt i'r llinell gôl gan y tîm sy'n amddiffyn

⚽ **Gornest ciciau o'r smotyn** ar ôl amser ychwanegol, mewn gornest ble mae'n rhaid cael enillydd.

Nodyn: All gôl ddim cael ei sgorio'n uniongyrchol o dafliad. Os yw'r bêl yn mynd i mewn i gôl y gwrthwynebydd, caiff cic-gôl ei rhoi. Os yw'r bêl yn mynd mewn i gôl y taflwr, yna mae cic gornel yn cael ei rhoi.

Pa mor hir yw gêm bêl-droed?
Yn 1866 roedd Llundain a Sheffield yn cynhesu a pharatoi i chwarae yn erbyn ei gilydd. Hyd at y pwynt hwnnw, gallai gemau pêl-droed amrywio o ran hyd yn ôl:

⚽ **Beth** fyddai'r ddau dîm yn penderfynu oedd yn gyfnod derbyniol o amser ar gyfer gêm dda.
⚽ **Pa** mor ffit oedd y timau.
⚽ **Pryd** roedd amser swper.

Ar y diwrnod hwnnw, am ba bynnag reswm, ysgydwodd capten **Llundain** a chapten **Sheffield** ddwylo â'i gilydd a phenderfynu chwarae am **naw deg munud** ac, am ba bynnag reswm, fe wnaeth hynny aros fel rheol. Nid dim ond ar gyfer y ddau dîm hynny ond i bob tîm proffesiynol arall, mewn **unrhyw** gêm yn **unrhyw ran** o'r byd. **Am byth.**

Ar ben y naw deg munud o chwarae, mae egwyl o bymtheg munud ar hanner amser er mwyn i bawb gael eu gwynt, bwyta darn o oren a chael yr hyfforddwr yn gweiddi ar ei dîm. Yn ogystal â hynny mae 'amser ataliad' ar gyfer anafiadau, defnyddio eilyddion a phobl sy'n rhedeg ar y cae yn chwifio'u dillad isaf fel baneri yn yr awel iach.

Mae rhai eithriadau i'r terfyn naw deg munud hwn wrth gwrs, yn enwedig wrth i'r gêm ddatblygu.

1. Os oes angen amser ychwanegol: caiff tri deg munud eu hychwanegu, gyda newid ochrau'n digwydd hanner ffordd drwodd.
2. Gall gemau paralympaidd bara am bedwar deg neu bum deg munud.
3. Bydd gemau fformat gwahanol, fel pump-bob-ochr, yn para llai na naw deg munud – tua phum deg neu chwe deg munud, neu lai.

CICIAU O'R SMOTYN A CHICIAU RHYDD

Gadewch i ni ddechrau gyda chiciau o'r smotyn. Caiff y rhain eu rhoi i'r tîm arall pan fydd chwaraewr sy'n amddiffyn yn troseddu yn erbyn chwaraewr sy'n ymosod neu'n defnyddio'i ddwylo neu'i dwylo yn y **cwrt cosbi**. Pan fydd hyn yn digwydd, mae'r ochr sy'n amddiffyn a'u holl gefnogwyr yn gweiddi ar y dyfarnwr ac yn cwyno'n gyffredinol am yr annhegwch wrth unrhyw un sy'n fodlon gwrando.

Ac mae pawb ar y tîm sy'n ymosod, sydd ag ergyd reit hawdd at y gôl, yn meddwl bod y dyfarnwr yn foi hynod glyfar, y person mwyaf ardderchog a gerddodd ar wyneb daear erioed, a bydd pob un wan jac ohonyn nhw am ei wahodd i ddod ar wyliau gyda nhw.

Pan fydd y gic o'r **smotyn** wedi'i chymryd, caiff y bêl ei gosod gan y ciciwr ar y smotyn. Gall y gôl-geidwad symud i'r naill ochr neu'r llall, i'r chwith neu'r dde, ond allan nhw ddim symud oddi ar y llinell gôl hyd nes bod yr ergyd wedi'i chymryd.

Mae hwn yn ddigwyddiad un-i-un ac mae'n un sy'n achosi ofn i'r cicwyr a'r gôl-geidwad hefyd. Fwy na thebyg, mae'n sefyllfa ychydig bach yn fwy ofnus i'r ciciwr gan fod pawb yn gwylio gan feddwl pan mor hawdd yw hyn (yn ein pennau) – oni bai mai ni sy'n gorfod cymryd y gic o'r smotyn o flaen ein ffrindiau a'n gelynion pennaf. Os felly, mae ceg y gôl yn crebachu i faint cwt tŷ bach ac mae'n traed ni'n teimlo fel tasen

nhw wedi troi'n lympiau mawr lleidiog o bridd gwlyb, trwm.

Cofia anadlu ... ac rwyt ti'n gryfach nag wyt ti'n ei feddwl.

Ar y llaw (neu'r droed) arall, **cic rydd** yw pan fo trosedd yn erbyn rheolau pêl-droed a chwarae teg yn digwydd y tu allan i'r cwrt cosbi. Gall cic rydd fod yn un uniongyrchol neu'n un anuniongyrchol. Gall cic rydd uniongyrchol gael ei hanelu at y gôl a rhaid i gic anuniongyrchol gyffwrdd â chwaraewr arall cyn mynd mewn i'r gôl. Rhaid bod y bêl ar y ddaear ac yn llonydd ar gyfer y ddau fath o gic cyn iddi fynd mewn i'r gôl. Mae'n gyfle heb ei ail i ddangos sgiliau cyrlio'r bêl (os y medri di).

BETH YN UNION YW TROSEDD?

A bod yn onest, byddai'n well gen i taset ti ddim wedi gofyn; mae ychydig bach yn gymhleth. Ond dyma roi cynnig arni ...

Mae **tair** ffordd sylfaenol y galli di fynd i drwbl wrth chwarae pêl-droed – baglu chwaraewr arall, eu brifo nhw, neu eu rhoi nhw mewn perygl; yr ail yw drwy ymddwyn yn wael – peidio â pharchu'r dyfarnwr, chwaraewyr eraill, rhegi, atal y chwarae heb reswm; a'r trydydd yw drwy dorri'r rheolau – defnyddio dy ddwylo, chwarae cyn bod y dyfarnwr yn dweud y cei di, marchogaeth o gwmpas y cwrt cosbi ar gefn ceffyl.

Os yw'r drosedd yn un wael iawn (yn un beryglus fel arfer), byddi di'n derbyn cerdyn melyn, os wyt ti'n derbyn dwy garden felen mewn un gêm neu os yw'r hyn y gwnest ti'n waeth na drwg, yna byddi di'n derbyn cerdyn coch ac yn cael dy anfon oddi ar y cae. Bydd dy dîm di lawr i ddeg chwaraewr ac yn colli, siŵr o fod. A dy fai di fydd hynny ... *i gyd*.

Mae'r rhestr gyflawn o droseddau'n anferthol, a phetawn i'n ceisio'u hysgrifennu nhw lawr bob un, fyddai dim llawer o le ar ôl yn y llyfr hwn i bethau mwy hwyliog fel jôcs neu gartwnau Matt. Galli di chwilio amdanyn nhw ond fwy na thebyg byddi di'n gwybod yn iawn os fyddi di wedi gwneud rhywbeth o'i le – ac os nad wyt ti, yna bydd y dyfarnwr yn dweud wrthot ti'n syth (yn ogystal â'r holl famau a'r tadau sy'n cefnogi'r tîm arall).

TAFLU I MEWN

Mae taflu i mewn yn llond trol o hwyl. Mae tafliad i mewn yn cael ei roi pan fydd y bêl yn cael ei chicio dros y linell ystlys (sef y llinellau sy'n rhedeg ar hyd ochrau'r cae) gan rywun o'r tîm arall. Wrth gymryd tafliad i mewn jyst cofia fod yn rhaid i ti adael y bêl i fynd gyda dy ddwy law ar yr un pryd a bod yn rhaid i ti gael dy draed ar y ddaear wrth wneud hynny, neu caiff y tafliad i mewn ei alw'n 'drosedd' ac fe aiff y bêl i feddiant y tîm arall.

CORNELI

Y gornel yw un o rannau mwyaf cynhyrfus unrhyw ornest bêl-droed, a gall unrhyw beth ddigwydd – yn bennaf am fod criw go dda o chwaraewyr yn clystyru o gwmpas ardal y gôl, yn gwthio'i gilydd er mwyn cael lle da wrth i'r bêl gyrlio drwy'r awyr fel seren wib. Caiff **cornel** ei rhoi pan aiff y bêl tu hwnt i'r ffin y tu ôl i'r gôl. Unwaith eto, mae bod yn gywir a gallu cyrlio'r bêl yn sgil hynod ddefnyddiol i'w gael. Gall tîm sy'n ymosod sgorio o gornel.

CAMSEFYLL

All chwaraewr sy'n **ymosod** ac yn cael y bêl wedi'i phasio iddyn nhw yn hanner y tîm arall, ddim â bod o flaen yr amddiffynwr olaf.

Mae sôn am y rheol camsefyll yn un o'r ffyrdd hynny y mae oedolion a ffrindiau'n eu defnyddio i wneud yn siŵr dy fod di'n gwybod unrhyw beth am bêl-droed. Felly, os wyt ti'n dysgu hwn ar dy gof, bydd yn creu argraff ar bobl ... neu o leia'n eu cadw nhw'n dawel am ychydig.

Ond mae hon yn rheol anodd. Mi fedri di fod mewn safle sy'n camsefyll ond heb gael dy hun mewn trwbwl os nad wyt ti'n rhan weithredol o'r chwarae.

DYFYNIAD DA

'Rydw i'n lwcus i fod yn rhan o dîm sy'n helpu fi i edrych yn dda, ac maen nhw'n haeddu llawn cymaint o'r clod am fy llwyddiant ag yr ydw i, am y gwaith caled rydyn ni i gyd yn ei wneud ar y cae hyfforddi.'

– Lionel Messi

Ond, mae gwybod y rheol a'i deall hi go iawn yn ddau beth hollol wahanol i'w gilydd, felly fy nghyngor i ti yw, edrycha ar y diagramau hyn, yna cer ar-lein ac edrycha ar lwyth o fideos o chwaraewyr yn derbyn chwiban gan y reff am gamsefyll.

Gofala nad wyt ti'n gwneud hyn yn lle dy waith cartref. Er, galli di ddweud ei fod yn fath o waith cartref. **Ffaith i ti**.

Chwarewr ymosodol
(yn camsefyll)

Y bêl yn cael ei phasio

Tîm ymosodol

Amddiffynnwr olaf

Gôl amddiffynnol

FFAITH DIFYR

Yr Ornest Ciciau o'r Smotyn Hiraf

Roedd angen cyfanswm o **54** cic o'r smotyn i ddarganfod pwy oedd y tîm buddugol rhwng Clwb Pêl-droed Washington a'r Bedlington Terriers mewn gornest a orffennodd ar sgôr o **25-24** yn y pen draw.

Er mawr syndod, cymerwyd mwy o giciau o'r smotyn yn ystod y gêm nag oedd yna o gefnogwyr yn gwylio.

Cymdeithas Bêl-droed Cymru (FAW), yw'r drydedd gymdeithas bêl-droed genedlaethol hynaf yn y byd.

DIGWYDDODD RHYWBETH DONIOL ...

Breuddwyd pob cefnogwr pêl-droed yw rhedeg allan i ganol stadiwm anferthol yng nghwmni rhai o chwaraewyr gorau'r byd.

Ar noson 18 Ebrill 2001, yn Stadiwm Olympaidd Bayern Munich, rhywsut llwyddodd Karl Power, labrwr di-waith o Fanceinion, i osgoi'r criw diogelwch.

Funudau'n ddiweddarach, cerddodd allan gyda thîm Manchester United, cyn cael ei lun wedi'i dynnu ochr yn ochr ag enwogion fel Dwight Yorke, Ryan Giggs a Fabian Barthez ar gyfer y llun tîm swyddogol.

FFAITH DIFYR

Y blaenwr o Gymro, Ian Rush, yw'r blaenwr mwyaf effeithiol yn hanes Clwb Pêl-droed Lerpwl, gan sgorio 346 gôl anhygoel yn ystod 660 ymddangosiad. Mae hefyd yn dal record y clwb sydd â'r mwyaf o goliau mewn un tymor, sef 47 wedi'u sgorio yn ystod tymor 1983/84.

JAMIE TREGASKISS

Byth er pan oedd yn blentyn bach, roedd Jamie eisiau chwarae pêl-droed yn broffesiynol. Roedd pethau'n mynd yn reit dda iddo gyda hynny achos pan oedd yn ddeg oed, cafodd ei ddewis gan sgowtiaid i chwarae gyda'i hoff dîm MANCHESTER CITY.

Ond, erbyn 13, roedd y freuddwyd AR BEN.

Cafodd coes chwith Jamie ei thorri i ffwrdd ar ôl darganfod fod poen yn ei glun chwith yn golygu bod ffurf prin o gancr yr esgyrn arno. Doedd ganddo ddim dewis: EI GOES NEU EI FYWYD. A dyna oedd diwedd ei uchelgais bêl-droed. Neu dyna roedd pawb yn ei feddwl ...

Ond does dim modd atal rhai pobl! Gydag un goes (a dwy ffon fagl), gweithiodd Jamie fel cythraul y campau i wella ei sgiliau naturiol fel chwaraewr. Ac felly, yn ddau ddeg pump oed, daeth yn un o'r chwaraewyr pêl-droed anabl gorau yn y byd. Ac yn fwy na hynny hyd yn oed, cafodd chwarae i Glwb Pêl-droed Manchester City (mae'n dal i wneud) — ac nid yn unig hynny, chwaraeodd dros BRYDAIN A LLOEGR fel pêl-droediwr anabl.

Ac os wyt ti'n meddwl, wel, ie, ond mae pêl-droediwr sydd ag un goes siŵr o fod yn iawn i chwarae yn erbyn chwaraewyr anabl eraill, ond pwy fyddai am wylio hynny? Cer ar-lein a chwilia am 'JAMIE TREGASKISS GOAL ALL EVENT SWITZERLAND', neu unrhyw fideos sgiliau pêl-droed gan bobl anabl.

Byddi di'n falch y gwnest ti.

PENNOD 4:
SGILIAU A THACTEGAU

Petai pobl ddim yn cael eu taclo, yna hanner yr amser fyddai dim llawer o bwynt chwarae pêl-droed. Ond mae taclo'n effeithiol, fel nad wyt ti'n gorfod mynd am gawod gynnar, yn anodd ... felly dyma rai tips defnyddiol.

Y peth cyntaf i wybod yw hyn, **rhaid i daclwr chwarae'r bêl bob tro**, nid tasgu a mynd i blu'r chwaraewr o'i flaen fel estrys honco, yna dechrau cnoi ar ei bigyrnau hyd nes iddo roi'r bêl i ti. Rygbi yw hwnna.

Mae'r rhan fwyaf o bobl yn hapus i dderbyn fod yna **dri math** gwahanol o dacl sylfaenol mewn pêl-droed.

BLOC-DACL
PROC-DACL
LLITHR-DACL

Y bwriad gyda phob un o'r rhain yw atal y chwaraewr sy'n ymosod rhag gwneud yr hyn mae'n ceisio'i wneud, sy'n cynnwys pasio'r bêl i chwaraewr arall ar eu tîm – neu'n well fyth – ddawnsio'i ffordd yn gelfydd drwy dy amddiffyn a sgorio yn y modd mwyaf arwrol.

Ar ben hynny, byddai hyd yn oed yn well petai'r dacl yn gorffen gyda ti'n cael meddiant o'r bêl ac yn gwneud pob mathau o bethau doniol a hwyliog gyda hi.

BLOC-DACL

Gwna'n siŵr bod dy draed di'n gadarn ar y ddaear (o ran balans) a phaid â rhuthro'r chwaraewr sy'n ymosod. Yn hytrach, gwylia i ble mae'n nhw'n mynd: ffordd dda o wneud hyn yw gwylio'r cyfeiriad y mae eu cluniau nhw'n wynebu, nid y ffordd y maen nhw'n edrych – gallai hynny fod yn dric. A chadw llygad am ergydiad neu **bàs**, achos dyma mae'r **bloc-dacl** orau ar gyfer ei stopio.

Wrth i'r ymosodwr redeg allan o ffyrdd i ddianc, mae angen i ti gau'r rhwyd amdano a gwneud yn siŵr bod y rhan fwyaf o bwysau dy gorff y tu ôl i'r droed rwyt ti'n ei defnyddio i flocio'r bêl. Drwy wneud hynny, byddi di'n llai tebygol o syrthio pan fyddi di'n cysylltu â'r bêl, a chyda'r ymosodwr.

Anela i flocio canol y bêl a chlo dy benggliniau a dy bigyrnau i gael cryfder ychwanegol.

Rwyt ti newydd droi dy hunan yn gaer fechan – ychydig bach fel Gandalf yn *The Lord of the Rings* pan mae yntau'n dweud wrth y Balrog (yr ysbryd dieflig mawr), '*Chei di ddim pasio*.'*

*NODYN *Er, doedden nhw ddim yn chwarae pêl-droed ar y pryd.*

PROC-DACL

Yn hytrach na blocio'r bêl, mae'r math yma o dacl yn anelu i gymryd y bêl oddi wrth y chwaraewr arall gyda chic gyfrwys sy'n procio. Os wyt ti'n gyflymach na'r chwaraewr rwyt ti newydd ei daclo, byddi di'n medru cael meddiant o'r bêl drwy dasgu ar ei hôl hi. Ond, yn amlach na heb, gyda'r math hwn o dacl, bydd y bêl naill ai'n mynd allan neu'n mynd i chwaraewr arall (un ar dy dîm di, gobeithio).

Dyma dacl da iawn ar gyfer **arafu** ymosodiad fel bod dy dîm di'n medru ailffurfio.

Yn wahanol i'r bloc-dacl, dylet ti fynd at y chwaraewr arall o'r ochr neu o'r tu ôl.

Gwylia'r bêl a choesau neu draed dy wrthwynebydd fel y mae cath yn syllu ar ganeri mewn cawell (ond paid â llyfu dy weflau, neu byddi di'n edrych yn rhyfedd).

Pan fydd y chwaraewr a'r bêl yn ddigon agos,

defnyddia'r droed sydd agosaf at y bêl i'w 'thrywanu'
hi i ffwrdd oddi wrth y chwaraewr arall gyda blaen
dy esgid.

LLITHR-DACL

O wneud hwn yn iawn, byddi di'n edrych fel
athrylith pêl-droed llwyr. O wneud hwn yn
anghywir, byddi di naill ai'n edrych fel taset ti wedi
rhedeg at chwaraewr arall ac ymosod arno â dy
draed (ac efallai y cei di dy anfon oddi ar y cae) neu
byddi di'n eu methu nhw'n gyfan gwbl ac yn llithro
heibio ar dy ben-ôl gyda golwg syn ar dy wyneb.

   Ond, os wyt ti'n meddwl dy fod di'n ddigon
cyflym ac y medri di weld bwlch rhwng yr ymosodwr
a'r bêl, mae'n werth rhoi cynnig ar hyn pob nawr ac
yn y man, achos rhoi cynnig ar bethau sy'n gwneud
chwaraeon yn hwyl.

   Felly, defnyddia'r goes sydd bellaf oddi wrth y
bêl a phlygu'r goes arall o dan dy ben-ôl. Yna llithra

(yn y modd mwyaf difrifol o osgeiddig) ar dy glun tuag at y dacl. Mae'n werth cysylltu â chanol neu ran uchaf y bêl i'w bachu hi i'r cyfeiriad arall er mwyn ei chadw hi neu'i bwrw hi allan o'r chwarae.

PASIO

Y Tair Ffordd i Basio

Mae pobl yn dweud mai dim ond ymlaen, yn ôl, a phasio sgwâr sydd.

Ond mae hynny'n swnio'n hynod ddiflas.

Ac eto, mae'n debyg mai'r bobl hynny sy'n neidio i fyny ac i lawr yn yr unfan yn taeru bod yna lwyth o fathau gwahanol o ffyrdd i basio yw'r math o bobl sydd jyst yn hoffi creu rhestrau o bethau.

Felly, rydyn ni yn *Campau Campus* am ddod i gyfaddawd call a rhesymol a dweud y gallwch chi gael llond gwlad o hwyl yn chwarae pêl-droed gan wybod am tua chwe gwahanol math o basio.

Pàs Hir

Y pasys hyn, sy'n cael eu gwneud fel arfer gan Amddiffynwr neu Chwaraewr Canol Cae sy'n Amddiffyn, sy'n teithio bellaf (yn fwyaf aml at flaenwr sy'n ymosod) ac mae angen y pŵer a'r cywirdeb mwyaf arnyn nhw. Yn aml, caiff y fath bàs ei galw'n '**bêl hir**'.

Pàs Drwodd

Mae gennyt ti ddau chwaewr o dy flaen a bwlch rhyngddyn nhw. Allan o gornel dy lygad, byddi di'n gweld un o dy ffrindiau'n rhedeg ar draws y cae. O amseru hwn yn iawn (gydag ymarfer), galli di slotio'r bêl rhwng y ddau chwaraewr sy'n amddiffyn, felly gall dy chwaraewr di sy'n ymosod gyrraedd ar ben y bêl ac *i mewn* i safle sgorio. Yn aml caiff y bàs ei galw'n '**bêl drwodd**'.

Croesiad

Fel arfer pàs weddol hir yw hon, ond yn lle pasio i fyny'r cae, byddi di'n pasio o gyfeiriad yr ystlys, i mewn i'r ardal ymosod (y cwrt cosbi). Eto, rhaid i ti fod yn gywir gyda'r bàs, yn aml am dy fod di'n rhedeg wrth i ti basio'r bêl.

Rhoi a mynd

Mae'r bàs hon yn debyg iawn i'r bàs un cyffyrddiad, sy'n cael ei galw weithiau'n 'Un-Dau'. Mae ychydig bach fel trin dy gyd-chwaraewr fel wal mewn gêm Pump-bob-ochr. Felly, os wyt ti'n pasio iddyn nhw, rhed i mewn i'r bwlch y tu ôl i'r amddiffynwyr a byddan nhw'n pasio'r bêl yn ôl atat gydag un cyffyrddiad. Bŵm!

Ôl Sawdl

Mwy na thebyg mai dyma un o'r pasys mwyaf aruthrol (neu'r twpaf), achos – gan fwyaf – dwyt ti ddim yn edrych ar ble rwyt ti am basio'r bêl. Yn hytrach, rwyt ti'n cicio'r bêl am yn ôl gyda dy sawdl at rywun rwyt ti'n gwybod (neu'n gobeithio) eu bod nhw y tu ôl i ti. Mae chwaraewyr pêl-droed proffesiynol yn caru gwneud hyn.

NODYN DEFNYDDIOL AR RYNG-GIPIO

Fedri di ddim siarad am basio heb grybwyll y gelyn pennaf: **y Rhyng-gipiad**.

Yn hytrach na thaclo, mae rhai chwaraewyr yn dda iawn ac yn hynod gyfrwys am sylwi pryd fydd chwaraewr sy'n ymosod ar fin pasio'r bêl. Mae'n helpu os wyt ti'n dda iawn am chwarae snwcer neu am wneud geometreg, achos byddi di'n gallu '**gweld**' llinell anweledig o ddotiau'n mynd o'r chwaraewr sydd â'r bêl tuag at yr un rwyt ti'n credu sydd ar fin pasio iddo neu iddi.

Y cyfan sy'n rhaid i ti ei wneud yw rhedeg at y pwynt agosaf at y llinell honno, cipio'r bêl a driblo i ffwrdd gan chwerthin yn wyllt.

Gwych ... a does yna ddim un ffordd y byddi'n troseddu neb chwaith.

NODYN ARALL AR RYNG-GIPIO

Mae rhai mathau o bêl-droed (**pêl-droed cerdded** neu bêl-droed Ffrengig) nad ydyn nhw'n caniatáu taclo, felly yr unig ffordd i gael meddiant o bêl yw drwy ryng-gipio. Hyfforddiant ardderchog.

DRIBLO

Fel rydyn ni gyd yn gwybod, gall driblo olygu un o ddau beth y dyddiau yma:

1. Gall olygu arllwys bwyd neu ddiod allan o dy geg drwy beidio â'i gau'n iawn = bydd pawb yn dy osgoi di.

2. Gall olygu symud yn ddeheuig o gwmpas cae neu gwrt gyda phêl yn dy **feddiant** = ti sy'n osgoi pawb.

Mewn gwirionedd mae'n dod o hen air (berf) *drib*, sy'n golygu i ddiferu, neu i symud yn ofalus.

Ac mae hynny'n crisialu pêl-droed, o ran y ffaith fod driblo i wneud â'r sgil bwysig o wthio'r bêl ar hyd y llawr gyda dy draed a pheidio â'i hildio i chwaraewr arall. Yr unig beth sydd wedi newid yw nad wyt ti'n symud yn araf ('**diferu**') ond yn hytrach yn saethu lawr yr ystlys fel roced, yn llithro heibio i sawl amddiffynnwr ac yn saethu'r bêl i mewn i'r gôl. Neu o leiaf, dyna wyt ti'n ei wneud os mai Messi, Maradona neu Pelé yw dy enw di.

Neu, unrhyw un o'r chwaraewyr mawr a dweud y gwir, achos driblo yw un o'r sgiliau hynny sy'n rhaid i ti eu cael os wyt ti am gael dy ystyried yn weddol ar chwarae pêl-droed. Mae rhai pobl yn dweud mai dyma sydd wrth galon yr hyn sy'n gwneud pêl-droed yn gêm mor wych.

DYFYNIAD DA

'Mae pêl-droed ynglŷn â llawenydd. Mae ynglŷn â driblo.'
– Ronaldinho

Mae tri (falle pedwar) rheswm pam y byddet ti'n fodlon mentro driblo mewn pêl-droed – yn hytrach na dim ond pasio i un o dy gyd-chwaraewyr:

1. Dianc rhag y pwysau (yr amddiffynwyr yn closio amdanat),
2. Rhedeg at chwaraewyr i'w curo nhw,
3. Creu lle er mwyn pasio,
4. ... dangos dy hun yn gyffredinol.

Mae llwyth o dechnegau ac ymarferion hyfforddi y medri di eu gwneud er mwyn gwella'r sgiliau hyn ond mae'r cyfan yn dibynnu arnat ti'n gallu cadw'r bêl wrth dy draed a symud ymlaen yn gyflym a chadw dy lygad ar dy elynion o hyd.

DYMA RAI TIPS:

- ⚽ Ceisia ymarfer rhedeg mewn llinell syth gyda'r bêl, defnyddia tu fewn a thu allan dy droed.
- ⚽ Nawr rho gynnig ar newid cyfeiriad gymaint â phosibl, wrth i ti redeg yn dy flaen.
- ⚽ Yna newidia dy gyflymder (cyflym, araf, canolig ayyb).
- ⚽ Ceisia ymarfer edrych i fyny bob nawr ac yn y man ond gan ddal i symud.
- ⚽ Rho gynnig ar 'yrru' y bêl ychydig o dy flaen di (ond ddim yn rhy bell – rhyw fetr o bellter) fel taset ti am ei saethu heibio i chwaraewr, tasgu heibio iddyn nhw a pharhau tuag at goliau a gogoniannau ysblennydd.

Mae digonedd o bethau eraill y medri di eu gwneud wrth i ti wella (gweler **Triciau Defnyddiol** t.82) ond dylai hyn fod yn ddigon i guro dy frawd a synnu dy ffrindiau.

PATRYMAU PÊL-DROED

O'i roi mewn ffordd siwpyr-syml, mae ffurfiau ynglŷn â ble i roi'r chwaraewyr ar y cae fel eich bod chi'n cael y cyfle gorau i ennill.

Gall y dewis o **batrwm** fod oherwydd:

⚽ Y sgiliau sydd gan y gwahanol chwaraewyr.

⚽ Y ffurf mae'r ochr arall yn ei ddefnyddio.

⚽ Os ydych chi am amddiffyn (am eich bod chi wedi sgorio eisoes).

⚽ ... neu ymosod (am eu bod nhw wedi sgorio ac mae angen i chi wneud nawr).

72

Mae gan y rhan fwyaf o ffurfiau enwau sydd ond yn rhifau sy'n dangos faint o ymosodwyr fydd yno o'u cymharu ag amddiffynwyr (a chwaraewyr canol cae). Weithiau mae ganddyn nhw enwau cŵl.

Dyma rai enghreifftiau o **batrymau pêl-droed penigamp**:

2-3-5 (neu'r **Pyramid**)

Mae'n edrych fel pyramid ac mae'n solet fel un hefyd, am ei fod yn gyfuniad hyfryd a chyfartal o chwaraewyr sy'n ymosod, chwaraewyr canol cae a chwaraewyr sy'n amddiffyn. Dyma'r ffurf roddodd y system rifo'r crysau i ni fu'n boblogaidd o **1880** ymlaen yn Lloegr cyn lledaenu i weddill y byd. Cafodd ei ddefnyddio gan dimau fel Uruguay i ennill **Cwpan y Byd FIFA** yn 1930.

4-4-2

Mae'n debyg mai dyma'r patrwm mwyaf poblogaidd mewn pêl-droed modern.

4-6-0

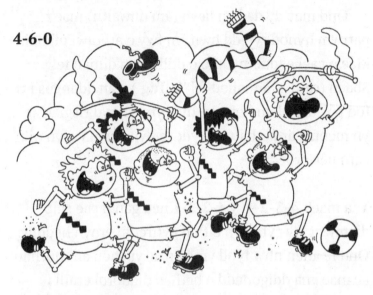

'Beth? Dim **Blaenwr**?' meddet ti wrth fwyta dy swper, gan boeri cawl dros dy dad.

'Ie, wy'n gwbod,' meddai yntau, gan dynnu mymryn o gaws gwlyb o'i aeliau. 'Ond mae'r holl ymosodwyr cyflym yna sy'n rhedeg o gwmpas – a phob un ohonyn nhw'n medru sgorio – yn anodd i amddiffynwyr i'w marcio heb symud allan o'u patrwm nhw. Dyma,' meddai gan godi ei fys i'r awyr fel petai am ddweud wrthot ti bod yna fag enfawr o drysor neu gist yn llawn siocled wedi'u cuddio ar waelod yr ardd, 'yw dyfodol pêl-droed!'

'Iawn, Dad,' meddet ti, ddim yn siŵr o dy bethau,

wrth i ti ddod 'nôl at y llyfr gwych hwn a phendroni beth sydd i bwdin.

Ond mae dy dad yn iawn (am unwaith) mae'r patrwm hynod ryfedd hwn, yn fwy o arbrawf efallai. Mae'n cael ei ddefnyddio o ddifri gan dimau fel Sbaen (caiff ei adnabod fel '**9 ffug**'), gan ddangos i ti fod pêl-droed yn newid o hyd, yn cymryd risgiau ac yn mentro ar bethau newydd, a dyna pam rydyn ni'n caru pêl-droed.

Yna mae'r **4-3-2-1**, y **4-2-3-1** neu ganol cae siâp diemwnt – y cyfan yn eithaf cyffredin erbyn heddiw. Ond fe allen nhw fynd ymlaen ac ymlaen am ffurfiau ac mae yna ddigonedd o bethau diddorol eraill i siarad amdanyn nhw o hyd.

ARDDULLIAU CHWARAE

Gallet ti ddweud fod pêl-droed fel gêm o wyddbwyll ond ar fwrdd mawr iawn a heb chwaraewyr sy'n edrych fel ceffylau. Mae **tactegau** (cynllunio a meddwl) yr un mor bwysig mewn pêl-droed ag ydyw mewn gwyddbwyll a dyna pam, petaet ti'n gwylio neu'n chwarae digon o bêl-droed, yn aml byddi di'n clywed am arddulliau chwarae.

Felly mae'n ddefnyddiol gwybod am yr hyn mae dy fêts neu'r hyfforddwr yn paldaruo yn ei gylch.

Dyma ganllaw cyflym (iawn).

Arddull craidd (neu brif arddull) o chwarae:

1. **Ymosod** (ceisio sgorio).
2. **Amddiffyn** (ceisio atal yr ochr arall rhag sgorio).

... hawdd fel baw hyd yn hyn, ond mae'n dod yn fwy cyfrwys na hyn. Amdani 'te!

DULLIAU YMOSOD

Mae yna ffordd syml i edrych ar hyn, a fyddai'n hollol iawn i'r rhan fwyaf ohonom ni oni bai dy fod di'n cael dy dynnu allan o wers ddwbl mathemateg i chwarae yn yr **Uwch Gynghrair**.

1. YMOSODIAD UNIONGYRCHOL

Dyma ble mae'r amddiffyn yn defnyddio **pasys hirion a pheli sy'n torri drwodd**, yn aml yn yr awyr, i gael y bêl at y chwaraewyr ar y blaen.

Mantais

Gall hyn gael y bêl o fewn cyrraedd i fedru sgorio'n gyflym iawn. Mae'n gynhyrfus i'w wylio.

Anfantais

Mae llawer o'r mathau hyn o basys yn cael eu **rhyng-gipio** neu eu 'herio' gan y tîm sy'n amddiffyn, felly mae modd colli meddiant a bod ar ben arall gwrthymosodiad chwim.

2. YMOSODIAD ANUNIONGYRCHOL

Weithiau caiff ei alw'n **Arddull Meddiant**, sy'n defnyddio cyfres o basys byrion (tuag ymlaen gan fwyaf, ond i'r ochr a thuag yn ôl hefyd), gan chwilio am wendidau yn yr ochr arall. Gall amddiffynwyr gael eu symud i fyny ac i lawr er mwyn helpu â'r ymosodiad (gelwir hyn yn gwthio i fyny) neu fe allan nhw gynnig amddiffyniad dwfn.

Mantais

Cadw meddiant o'r bêl yn haws.

Anfantais

Mae'n galetach nag y mae'n edrych a gall y tîm fynd am amser hir heb sgorio, dydy e ddim cystal os ydych chi'n rhedeg allan o amser mewn gêm.

DULLIAU AMDDIFFYN

1. Marcio un-i-un neu farcio unigol

Pan fydd chwaraewyr yn cael eu marcio gan chwaraewyr eraill yn unigol.

2. Amddiffyn Parth

Ble mae bob chwaraewr yn amddiffyn ardal o'r cae yn hytrach na marcio unigolyn arall. Caiff ei adnabod weithiau fel '**Marcio parth**'.

Dulliau Modern Eraill

TOTAL FOOTBALL neu *totaalvoetbal*

Yr Iseldiroedd greodd y gêm gyflawn '**total football**', y peth tactegol newydd mwyaf yn hanes pêl-droed. Y cysyniad gyda 'total football' oedd y gallai bob chwaraewr chwarae mewn unrhyw safle cyn belled â bod y patrwm yn aros yr un peth.

Gegenpressing

Yn llythrennol mae hwn yn golygu '**gwasgu yn erbyn**' ond caiff ei gyfieithu'n aml fel gwrthwasgu. Cychwynnodd y dull hwn o bêl-droed yn yr Almaen ac yn y bôn mae'n golygu, cyn gynted â bod y gwrthwynebwyr yn cael meddiant o'r bêl rhaid rhedeg tuag atyn nhw a'u plagio nhw nes na fedran nhw feddwl yn syth am beth i wneud â'r bêl, ac felly galli di gipio'r bêl yn ôl yn gyflym.

Rhai Dulliau Chwarae Traddodiadol Cenedlaethol

Diddorol gweld faint o wledydd sy'n enwog am chwarae mewn dulliau penodol. Dyma rai enghreifftiau.

Y Dull Seisnig

Dyma'r dull **hynaf** sydd (dydy hyn yn ddim syndod). Mae ymosodiadau'n digwydd yn gyflym a pheli'n cael eu pasio'n ddwfn, gan osgoi'r chwaraewyr canol cae.

Y Dull Eidalaidd

Dull gofalus ac araf. Mae'r amddiffynwyr yn aros yn ôl ac yn cadw pethau'n dawel, mae'r ymosodwyr yn **cripian** i fyny, gan ddod yn aml at y gôl o gyfeiriad yr ystlys.

Dull Brasil

Mae sôn bod gwreiddiau'r dull hwn mewn pêl-droed stryd. Mae sgiliau pêl chwaraewyr Brasil yn caniatáu llawer o basio a driblo, mae'n **gyflym** iawn ac yn **hylifol**. Mae'n ardderchog i'w wylio achos gall pethau (da a drwg) ddigwydd yn gyflym.

Y Dull Almaenig

Patrymau hynod strwythuredig sy'n solet, gyda'r tîm arall yn cael ei roi o dan bwysau drwy osod nifer o ymosodwyr ger y gôl. Weithiau, dydy'r dull hwn ddim cystal i'w wylio, ond mae'n hynod effeithiol. Beth bynnag, yn aml fe fyddan nhw'n defnyddio 'Gegenpressing' y dyddiau hyn (gweler t.80).

Y Dull Sbaenaidd

Chwarae hylifol sy'n adeiladu i fyny. Mae digon o basio trionglog (gelwir hwn yn **Tiki-Taka**).

Cofiwch fod timau cenedlaethol a chynghreiriau cenedlaethol yn benthyg dulliau chwarae drwy'r amser i gyd-fynd â'u tactegau.

Triciau Defnyddiol

Wrth i ti wella dy bêl-droed a dechrau teimlo'n hyderus gyda'r pethau sylfaenol – fel pasio, driblo, taclo a gwisgo dy siorts y ffordd iawn – byddi di'n meddwl am ddysgu triciau newydd er mwyn creu argraff ar bawb.

Gall hyn godi ofn achos os nad yw tric yn mynd yn iawn, bydd yn siŵr o fynd o chwith, yn llwyr. Hynny yw, os yw gêm o gadw'r bêl i fyny'n mynd o le, fedri di ddim esgus dy fod di wedi meddwl syrthio dros dy gareiau a syrthio wysg dy gefn mewn i glawdd.

Ond, os elli ymarfer yn dawel (yn dy ardd gefn, heb neb yn edrych) yna fwy na thebyg cyn hir byddi di'n ddigon hyderus i wneud ychydig o **gampau** gyda dy fêts.

CADW'R BÊL I FYNY *(Keepy-uppy)*

Wnei di ddim ennill unrhyw gemau ond bydd y tric hwn yn gwella dy sgiliau pêl ac mae'n dal i edrych yn dda. Yn y bôn, jyglo pêl â dy draed, dy bengliniau, dy ben neu hyd yn oed dy ysgwyddau yw hwn. Galli di ei wneud ar dy ben dy hun neu gyda ffrindiau a theulu.

Sut:

⚽ Dechreua drwy ddefnyddio dy droed gryfaf (y dde, fel arfer) i fflicio'r bêl i fyny, yna cicia hi i fyny at uchder dy ganol, fel y galli di ei dal hi. Dal ati i ailadrodd hyn hyd nes i ti ddod yn gysurus yn ei wneud bob tro.

⚽ Nawr trïa hyn gyda dy droed arall. Bydd yn cymryd ychydig yn fwy o amser a dyfalbarhad, ond byddi di'n llwyddo yn y pen draw.

⚽ Nawr rho gynnig ar y ddwy droed – un ar ôl y llall.

⚽ Unwaith i ti feistroli hynny, yn hytrach na dal y bêl, gad iddi syrthio'n ôl lawr at dy draed ac yna cicia hi'n ôl tuag i fyny.

⚽ Dal ati i wneud hyn yn dy ardd gefn hyd nes iddi fynd yn dywyll a bod pawb yn pendroni ble yn y byd wyt ti.

⚽ Gwna hyn bob nos am wythnos ar ôl ysgol a chyn hir byddi di'n feistr campus a phenigamp ar gadw'r bêl i fyny.

DYFYNIAD DA

'Mae talent heb waith caled yn werth dim.'

– Cristiano Ronaldo

Am enghraifft ardderchog o'r math hwn o reolaeth ar y bêl, teipia '*Maradona's pre-match warm-up*' yn unrhyw le ar y we. Fyddi di ddim yn difaru.

TROAD CRUYFF

Iawn, gad i ni geisio cadw hwn mor mor syml â phosibl:

1. Cadwa dy gefn tuag at y person sy'n ceisio cael y bêl wrthot ti.
2. Rho gynnig ar esgus pasio'r bêl â dy droed dde (er enghraifft) drwy greu'r argraff dy fod di am gicio tuag ymlaen.
3. Ond, yn lle hynny, tapia hi tuag yn ôl a thro i'w dilyn hi.
4. Mwy na thebyg bydd y chwaraewr sy'n ceisio cipio'r bêl arnat ti'n meddwl dy fod di am basio'r bêl un ffordd ac yn rhedeg i'r cyfeiriad hwnnw, wrth i ti saethu i gyfeiriad arall, yn wên o glust i glust.

Mae'r tric hwn wedi'i enwi ar ôl y cawr o chwaraewr o'r Iseldiroedd, Johan Cruyff, a greodd y symudiad (yn ogystal â bod yn hollol wych ar bron bopeth arall mewn pêl-droed).

Gwylia hi ar-lein (mae **Hal Robson-Kanu** yn gwneud un dda hefyd, yn ogystal â Cruyff ei hun wrth gwrs), yna cer i ymarfer hyn gyda ffrind, fel dy fod di'n dysgu twyllo dy elynion.

CIC SGORPION

Fel mae'r uchod yn ei ddangos, plymia tuag ymlaen ar dy ddwylo a cheisia gicio'r bêl gyda dy draed y tu ôl i dy ben wrth i'r bêl ddod tuag atat. Amseru yw'r gyfrinach fan hyn. Bydd dy draed yn dod dros dy ben gan daro'r bêl ac edrych naill ai fel **pigwr**

cynffon sgorpion neu fel y fersiwn waethaf o sefyll-ar-dy-ddwylo. O'i wneud yn anghywir, byddi di fwy neu lai'r rhoi cic yn dy din dy hun o flaen dy holl ffrindiau.

Mae'n siŵr mai'r peth gorau i'w wneud er mwyn dod i arfer â hon yw rhoi cynnig ei gwneud hi ar fat campfa meddal cyfleus neu hyd yn oed ar bwys pwll nofio.

Mae'n gic hynod anodd, yn hollol ddi-werth ond yn gyfan gwbl drawiadol – felly pam lai?!

Pan chwaraeodd Colombia yn erbyn Lloegr yn Wembley yn 1995, creodd gôl-geidwad Colombia, **Rene Higuita**, hanes ym myd pêl-droed gydag arbediad cic-sgorpion. Cymra olwg arni.

CIC SISWRN NEU/A CIC DROS BEN

Dyma ffordd aruthrol arall i roi cic i'r bêl, ac yn ffordd fwy aruthrol fyth i sgorio.

1. Cadw dy lygad ar y bêl.
2. Neidia gan ddefnyddio'r goes rwyt ti'n ei defnyddio i gicio, a chod dy goes arall di oddi ar y ddaear ar yr un pryd.
3. Gad i ti dy hun syrthio am yn ôl (ar gyfer cic dros ben) neu i'r ochr (ar gyfer cic siswrn) tra dy fod yn yr awyr.
4. Cyn i ti daro'r llawr, defnyddia dy goes gicio i gicio'r bêl, cyn dod â'r goes arall lawr.
5. Ceisia ddefnyddio dy ddwylo a dy freichiau i arafu dy gwymp.
6. Derbynia bob clod, bydd yn barod i roi cynnig ar ddod yn arlywydd Cymru'r wythnos nesa.

NODYN Mae'n syniad da i wneud yn siŵr dy fod di'n gwneud hyn ar gae gwlyb meddwl neu gwisga bads am dy bengliniau!

Mae Wayne Rooney, Ronaldo a Zlatan Ibrahimović wedi sgorio rhai o'r goliau gorau erioed fel hyn.

'**Dydw i erioed wedi sgorio gôl yn fy myw heb dderbyn pàs gan rywun arall.**'

– Abby Wambach

FFAITH DIFYR

Y peniad hiraf

Roedd y peniad hiraf erioed yn mesur ychydig dros **190 troedfedd** gan **Jone Samuelsen** o Norwy a ailgyfeiriodd **beniad tanllyd** o'r cyfeiriad arall gan fownsio i mewn i'r rhwyd a churo **Tromsø** yn **2011**.

DIGWYDDODD RHYWBETH DONIOL ...

Yn 2011 ymwelodd blaenwr Manchester City, Mario Balotelli, ag ysgol leol er mwyn rhoi pryd o dafod i'r prifathro. Roedd cefnogwr ifanc wedi gofyn i Balotelli am lofnod adeg sesiwn hyfforddi, a gofynnodd yr Eidalwr pam nad oedd y bachgen yn yr ysgol. Ateb y cefnogwr oedd ei fod yn cael ei fwlio, ac ar y pwynt hwnnw aeth Balotelli yn syth i'r ysgol gyda'r bachgen a'i fam a mynnu gweld y prifathro er mwyn datrys y sefyllfa.

GOLAU AR Y GORAU

MEGAN RAPINOE

Fyddai neb yn dadlau nad yw Megan Rapinoe yn seren bêl-droed (gan gynnwys fi). Mae gyrfa sydd wedi para dros ddegawd, mae'n debyg fod ganddi un o'r tai bach mwyaf ffantastig yn y byd, gyda dwy fedal Olympaidd yn hongian yno, Esgid Aur (am fod yr un i sgorio'r nifer mwyaf o goliau) o GWPAN Y BYD 2019 a gwobr y Bêl Aur am fod y chwaraewr gorau yn y twrnamaint. Cafodd ei henwi'n CHWARAEWR Y FLWYDDYN PÊL-DROED MENYWOD FIFA 2019.

Mae Megan yn fwyaf enwog am chwarae ar yr ystlys a disgrifiwyd ei dull hi o bêl-droed fel 'CRAFF': mae'n creu croesiadau deallus yn sylfaen i goliau ar gyfer pobl eraill, yn amlach nag er mwyn sgorio ei hun. Mae hi hefyd y hynod dda ar amrywio'i chyflymder – mae'n gwybod nad oes rhaid gwneud popeth ar gan milltir yr awr, bod modd twyllo pobl drwy arafu ... yna cyflymu.

Dyma un o'r chwaraewyr a newidiodd wyneb pêl-droed menywod a hefyd newid y canfyddiad a phoblogrwydd pêl-droed yn UDA. Mae hi'n un o'r chwaraewyr hynny sy'n helpu dangos byd sy'n llawn o chwaraewyr ifanc y gall unrhyw un chwarae waeth pwy ydyn nhw ac o ble maen nhw'n dod.

Yn 2020 cafodd ei henwi fel un o 100 person mwyaf dylanwadol *TIME MAGAZINE*.

PENNOD 5:
DYFODOL Y GÊM

Mae pêl-droed yn gyflym ac yn lot o hwyl ...
ac mae i bawb!

Caiff ei chwarae gan bobl ifanc, hen bobl a phobol
yn y canol. Pobl gyfoethog fel brenhinoedd, pobl cyn
dloted â llygod eglwys, dynion, menywod, bechgyn a
merched ...

Efallai mai'r llwyddiant mwyaf yn ddiweddar
yw'r twf yn y gêm i ferched a menywod.

Pêl-droed menywod yw'r gamp sy'n tyfu gyflymaf yn y byd ac, yn fwy na hynny, mae'n cyflymu eto fyth, gan fod y gamp i fenywod am ddyblu mewn maint yn ystod y pymtheg i ugain mlynedd nesaf. Gallai DYFU I fod y gamp fwyaf i fenywod yn UDA.

Edrycha ar y ffeithiau hyn:

Pêl-droed yw'r gamp sy'n cael ei chwarae fwyaf, ei gwylio fwyaf (ei dadlau drosti fwyaf), mewn **226 o wledydd a thiriogaethau dibynnol** drwy'r byd mawr crwn.

Mewn gwirionedd, dim ond 35 gwlad sydd yn y byd ble nad yw pêl-droed yn rhif 1 o ran poblogrwydd:

Pêl-droed Americanaidd

UAA

Criced

Guyana Brydeinig, Antigua a Barbados, Trinidad a Tobago, India, Pacistan, Bangladesh, Sri Lanka ac Awstralia

Rygbi

Fiji, Samoa Orllewinol, Tonga, Seland Newydd a Chymru

Pêl-fas

Panama, Feneswela, Ciwba, y Weriniaeth Ddominicaidd, Siapan, Nicaragwa, y Marianas Gogleddol a Taiwan

Pêl-fasged

Y Philipinau, Lithwania, Puerto Rico, Ynysoedd Marshall a'r Bahamas

Pêl-droed Gwyddelig

Gweriniaeth Iwerddon

Hoci-iâ

Canada, y Ffindir, Latfia ac Estonia

Saethyddiaeth

Bwtán

... a **Reslo**
Mongolia

Cwpan y Byd pêl-droed yw'r digwyddiad chwaraeon mwyaf ar wyneb daear. Adeg **Cwpan y Byd FIFA**, mae'r blaned yn stopio: mae dair gwaith yn fwy na'r Gemau Olympaidd, o ran y niferoedd sy'n gwylio.

Amrywiadau Pêl-droed

Ond mae mwy i'r stori: erbyn heddiw mae mwy o wahanol fathau o bêl-droed i'w cael o ran amrywiadau na mewn unrhyw chwaraeon arall.

Mae gennym ni:

PÊL-DROED TRAETH

Does dim rhaid ei chwarae ar lan y môr – gwnaiff unrhyw le â thywod y tro, heblaw, falle'r **Sahara**, gan fod y lle hwnnw'n medru mynd ychydig bach yn boeth a does ganddyn nhw ddim peiriannau sy'n gwerthu diodydd yn yr anialwch ar gyfer torri syched wedi'r gêm.

Yr un rheolau sydd gan bêl-droed traeth a phêl-droed pump-bob-ochr. Dychmygol yw llawer o'r llinellau cae, gan nad yw'n bosibl tynnu llinellau syth sy'n para mwy nag ychydig o funudau yn y tywod. Cychwynnodd y gêm yn wreiddiol ym Mrasil adeg yr **Ail Ryfel Byd,** fel ffordd dda o gael pobl ynghyd mewn modd cyfeillgar (mae ganddyn nhw LAWER o draethau ym Mrasil).

Daeth pêl-droed traeth yn fwy poblogaidd fyth gyda chwaraewyr mawrion fel Eric Cantona neu Neymar yn ymuno ynddi. Erbyn hyn mae hyd yn oed FIFA'n cynnal twrnamaint pêl-droed traeth rhyngwladol.

FUTSAL

Mae'n union fel y gêm pump-bob-ochr dan do y mae dy dad yn ei chwarae fel esgus i fynd i yfed cwrw a bwyta pizza unwaith yr wythnos heblaw ei fod yn hynod gyflym, ac angen sgiliau gwych ac nad oes yna unrhyw waliau handi i fownsio'r bêl oddi arnyn nhw neu i bwyso yn eu herbyn am hoe fach. Cafodd y gêm ei datblygu'n wreiddiol yn y 1930au gan athro yn **Uruguay** o'r enw Juan Carlos Ceriani, fel esgus i chwarae ar gyrtiau pêl-fasged. Gwnaeth yr YMCA (gwestai rhad i bobl ifanc) y gêm yn boblogaidd ar draws America, ac, fel Pêl-droed Traeth, mae cystadlaethau cenedlaethol a rhyngwladol ei hun i'w cael.

Hyd yn oed o chwarae'r gêm ond nawr ac yn y man, mae'n ffordd wych i ymarfer eich rheolaeth o'r bêl a phasio.

Yn Hong Kong maen nhw'n chwarae ar **doeau adeiladau**.

PÊL-DROED DULL RHYDD

Dyma enghraifft dda o gymryd un elfen gynhyrfus o'r gamp (rheoli'r bêl a thriciau) a throi hynny'n gamp yn ei hawl ei hun. Yr unig beth sydd angen arnat ti yw pêl ac, yyy ... dyna ni.

Jyglo'r bêl a'i rheoli gan ddefnyddio dy draed, dy

ddwylo, dy goesau, dy ben – unrhyw ran o dy gorff mewn gwirionedd – yw'r **dull rhydd**. Yn aml caiff cerddoriaeth ei chwarae er mwyn ychwanegu at y perfformiad.

Ar y dechrau, doedd y gêm ddim yn cael ei chymryd o ddifrif, yna dechreuodd y chwaraewyr rhyngwladol gorau fel Maradona a Ronaldinho ddangos diddordeb ac o hynny ymlaen, penderfynodd pawb eu bod nhw'n caru'r gêm. Y chwaraewr gorau erioed yn y gêm fwy na thebyg yw Mr Woo o Dde Corea sydd â sawl **Record Byd Guinness** am ei chwarae ac mae hefyd wedi perfformio mewn seremonïau Cwpan y Byd FIFA.

Mae'n cyfuno ychydig bach o bêl-droed, ychydig bach o ddawns, ychydig bach o acrobateg ac ychydig bach (ond cryn dipyn hefyd) o frolio.

PÊL-DROED CADAIR-BŴER

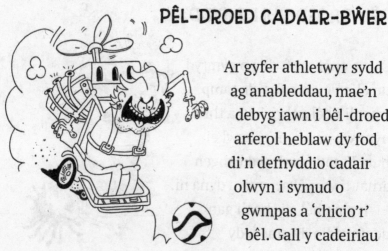

Ar gyfer athletwyr sydd ag anableddau, mae'n debyg iawn i bêl-droed arferol heblaw dy fod di'n defnyddio cadair olwyn i symud o gwmpas a 'chicio'r' bêl. Gall y cadeiriau

olwyn fod â phŵer ynddyn nhw (yna caiff ei adnabod
fel Pêl-droed Cadair-bŵer, wrth gwrs), neu gael eu
gwthio o gwmpas gan rywun arall – er gall y person
sy'n gwthio ddim helpu drwy ymuno yn y gêm ei hun.

Ar gwrt pêl-fasged (yn naturiol) mae gemau
swyddogol yn cael eu chwarae.

PÊL-DROED DALL

Futsal yw hwn i bob pwrpas, heblaw bod y chwarae-
wyr â nam ar eu golwg a hefyd yn gwisgo gorchudd
am eu llygaid i wneud yn siŵr nad oes neb yn medru
gweld unrhyw beth o gwbl. Dim byd. Dim oll.

O'i esbonio, mae hwn yn swnio fel na fyddai'n
gweithio o gwbl, ond mae'r chwaraewyr yn rhyfeddol
ac mae'r gemau'n hynod gynhyrfus (gwyliwch y
Gemau Paralympaidd neu Bencampwriaethau'r
Byd). Timau Brasil a'r Ariannin yw'r gorau – felly,
a dweud y gwir, mae'n debyg i bêl-droed arferol yn

hynny o beth!

Mae cloch yn y bêl yn gwneud sŵn wrth iddi symud fel bod y chwaraewyr yn gwybod ble mae hi ac, er mwyn atal unrhyw ddamweiniau cas, mae'r chwaraewyr yn gweiddi 'voy' neu 'go' (sef 'ewch' i chi a fi) wrth fynd am y bêl, fel bod chwaraewyr eraill yn gwybod ble maen nhw ac nad oes neb yn bwrw i mewn i'w gilydd.

NODYN PWYSIG *Hefyd yn cynyddu mewn poblogrwydd mae pêl-droed byddar, pêl-droed traws-anabledd, pêl-droed ffrâm ... os oes diddordeb gyda ti mewn gwybod mwy, cer i* **https://www.disability-sport-wales.org/ category/disability-football/**

Amrywiaeth

Ond, yn drist ddigon, dydy pêl-droed ddim wedi bod mor groesawus ac amrywiaethol o hyd.

Bron ar yr adeg y cafodd pêl-droed ei greu gannoedd ar gannoedd o flynyddoedd yn ôl, roedd pobl yn ceisio'u gorau glas i atal pobl eraill rhag ei chwarae. Cafodd y gêm ei gwahardd yn yr Alban am rai cannoedd o flynyddoedd (anwybyddwyd hyn fwy neu lai) ac, yn 1921, gwaharddodd y Gymdeithas Bêl-droed fenywod rhag chwarae ar eu meysydd am tua hanner can mlynedd am ei bod yn gamp 'nad oedd yn addas o gwbl i chwaraewyr benywaidd'! Er mai gêm y menywod oedd yn denu'r tyrfaoedd mwyaf yn dilyn y Rhyfel Byd Cyntaf (gweler t.103).

A hyd yn oed heddiw, mae hiliaeth a thrais wedi sbwylio gemau a fyddai, i lawer, yn uchafbwynt i'w hwythnos.

Ond mae hyn yn dechrau newid. Mae iaith hiliol neu ganu hiliol ar y terasau, yn yr eisteddleoedd ac ar y cyfryngau cymdeithasol yn cael eu cosbi'n llym ac mae cefnogwyr (a chwaraewyr) treisgar yn cael eu gwahardd o'r gamp.

Ysbryd y gêm

Chwaraewyr a chefnogwyr fel ti sy'n dal dyfodol y **gamp ardderchog** hon yn dy ddwylo. Gyda'r we a darlledu teledu anferthol, mae cefnogwyr yn gwybod bellach bod llygaid y byd arnyn nhw. Ac mae chwaraewyr yn gwybod fod cefnogwyr – yn enwedig cefnogwyr ifanc – yn edrych i fyny arnyn nhw ac yn dynwared yr hyn maen nhw'n ei wneud:

felly mae ymddygiad da ar y cae ac oddi arno'n dod yn bwysicach fyth o ran poblogrwydd chwaraewr. Ac mae bod yn fwy poblogaidd yn golygu mwy o gefnogwyr ar gyfer y gêm ac mae mwy a mwy o chwaraewyr yn gwneud y peth iawn: bydd hyn yn ei dro'n gwneud pêl-droed, y cawr ymysg y campau, yn ysbrydoliaeth i gymaint o bobl o bob gwlad, o bob lliw a chred, yn well nag erioed. Gobeithio.

FFEITHIAU DIFYR

Y Rhediad Diguro Hiraf

Roedd tîm 'Invincibles' Arsenal 2003-04, yn reit anhygoel. Fe wnaethon nhw dasgu'u ffordd drwy **bedwar deg naw gêm** heb gael eu curo, gan gynnwys pob un o'r tri deg wyth gêm yn nhymor yr **Uwch Gynghrair** yn **2003-04**. Parhaodd y rhediad am dri thymor go iawn – y ddwy gêm olaf yn nhymor 2002-03, drwy'r deg gêm gyntaf o dymor 2004-2005.

Ond, mae'r goron ddiguro go iawn yn perthyn i **Steaua Bucharest**. Yn y **1980au** roedd y clwb o Rwmania'n tra-arglwyddiaethu ar Divizia A gyda phum tymor diguro mewn rhes am rediad diguro o **104 gêm**.

DIGWYDDODD RHYWBETH
~~DONIOL~~ ANHYGOEL ...

A fyddai'r un llyfr am bêl-droed yn gyflawn heb y stori o'r Rhyfel Byd Cyntaf am y gêm bêl-droed a gynhaliwyd ar Ddydd Nadolig 1914.

Yn Awst 1914 roedd y rhan fwyaf o bobl yn credu y byddai'r rhyfel drosodd erbyn y Nadolig, ond wrth i aeaf rhewllyd gydio, edrychai hynny'n hynod annhebygol o ddigwydd. Penderfynodd milwyr ar ochr yr Almaenwyr ac ochr y Prydeinwyr y bydden nhw'n gwneud y gorau o bethau a cheisio dathlu Noswyl Nadolig er gwaetha'r oerfel, y mwd a'r perygl.

Cyn hir, roedden nhw'n gweiddi jôcs rhwng y ffosydd ac awgrymodd rhywun y dylen nhw gael cadoediad. Cytunodd pawb ac felly'r bore canlynol, Dydd Nadolig, dringodd milwyr Almaenig a Phrydeinig allan o'u ffosydd mwdlyd i gwrdd, cyfnewid anrhegion

a dangos lluniau o'u teuluoedd i'w gilydd.
Mewn un man, ymddangosodd pêl-droed
– er, beth oedd pêl-droed yn ei wneud yng
nghanol rhyfel, fedr neb esbonio –
a dyma ddechrau chwarae gêm.

Ac felly, am ychydig bach o amser, dyma
geisio – ac efallai y llwyddo – i anghofio
am y rhyfel ofnadwy. Roedd yn rhyw fath
o wyrth ar Ddydd Nadolig a hynny,
yn rhannol, diolch i bêl-droed.

Anodd bod yn siŵr, ond efallai mai'r
Almaenwyr enillodd ar giciau o'r smotyn.

PELÉ

Does dim un golwg ar y chwaraewyr gorau'n gyflawn heb gynnwys Pelé.

O bosib, Pelé yw'r siwpyr-seren bêl-droed cyntaf, enillodd dri **CHWPAN Y BYD** anhygoel ar gyfer Brasil, dwy **BENCAMPWRIAETH Y BYD** a sgorio dros 1,000 gôl ardderchog yn ystod ei yrfa (ond nid mewn gemau proffesiynol bob tro, felly nid fe sy'n dal y record byd).

Roedd yn cael ei ystyried fel y chwaraewr gorau gyda bron bob tîm y bu'n chwarae drostyn nhw, a hefyd roedd ganddo'r enw am fod yr aelod hwnnw o'r tîm oedd yn tynnu pawb ynghyd, sydd yr un mor bwysig â bod yn athrylith **JEDI** pêl-droed.

Roedd dull trydanol Pelé o chwarae a'r ffordd y trodd sgorio goliau'n gelfyddyd gorwych wedi ei godi i lefel seren drwy'r byd i gyd. Yn fwyaf anhygoel, yn 1967, yn Nigeria, cafwyd cadoediad 48 awr adeg rhyfel cartref y wlad er mwn gadael i bobl wylio'r chwaraewr arbennig hwn yn gwneud ei stwff. **PA GAMP ARALL SY'N GALLU STOPIO RHYFELOEDD?**

Derbyniodd Pelé y Wobr Heddwch Rhyngwladol yn 1978. Yn 1980 cafodd ei enwi'n **ATHLETWR Y GANRIF** gan y cylchgrawn chwaraeon Ffrangeg L'Equipe. A derbyniodd yr un anrhydedd yn 1999 gan **BWYLLGOR RHYNGWLADOL Y GEMAU OLYMPAIDD.**

Ffaith Hwyl Hollol ar Hap: Enwyd Pelé ar ôl y dyfeisiwr o America, Thomas Edison, ei enw go iawn yw Edson Arantes do Nascimento.

NODYN Mae'r rhain yn gywir adeg eu hysgrifennu.

YSTADEGAU YSBRYDOLEDIG

Y deg storiwr goliau proffesiynol uchaf, dynion

10. Tulio Maravilha
575 gôl mewn (nifer gemau, anhysbys) –
1988-2019

9. Uwe Seeler
575+ gôl mewn (nifer gemau, anhysbys) –
1953-1978

8. Ferenc Deak
576+ gôl mewn (nifer gemau, anhysbys) –
1940-1957

7. Gerd Muller
734 gôl mewn **793** gêm – **1962-1981**

6. Ferenc Puskas

746+ gôl mewn **754+** gêm – **1943-1966**

5. Lionel Messi

769 gôl mewn **974** gêm – **2003-presennol**

4. Pelé

757+ gôl mewn **831** gêm – **1957-1977**

3. Romario

772 gôl mewn **994** gêm – **1985-2007**

2. Josef Bican

805+ gôl mewn **530+** gêm – **1931-1956**

1. Cristiano Ronaldo

815 gôl mewn **1121** gêm – **2001-presennol**

Sgorwyr goliau rhyngwladol uchaf, menywod

1. Christine Sinclair (Canada) **189** gôl mewn
310 gêm

2. Abby Wombach (UDA) **184** gôl mewn **255** gêm

3. Mia Hamm (UDA) **158** gôl mewn **275** gêm

4. **Birgit Prinz** (yr Almaen) **128** gôl mewn **214** gêm

5. **Julie Fleeting** (yr Alban) **116** gôl mewn **121** gêm

6. **Maysa Jbarah** (Gwlad yr Iorddonen) **113** gôl mewn **110** gêm

7. **Patrizia Panico** (yr Eidal) **110** gôl mewn **204** gêm

8. **Marta** (Brasil) **109** gôl mewn **155** gêm

9. **Sun Wen** (GyB Tsieina) **106** gôl mewn **152** gêm

10. **Portia Modise** (De Affrica) **101** gôl mewn **124** gêm

FFAITH DIFYR

Ond, mae'n rhaid sôn yn arbennig am gôl-geidwad **Sâo Paolo** sef **Rogério Ceni** a sgoriodd **131** gôl yn ei yrfa.

DIGWYDDODD RHYWBETH DONIOL ...

Yn ystod gêm gyn-derfynol Cwpan y Byd 1930 rhwng yr Ariannin a'r Unol Daleithiau, rhedodd yr hyfforddwr Americanaidd ar y cae fel peth gwallgo er mwyn gweiddi ar y dyfarnwr. Yn anffodus, wrth iddo daflu ei fag meddygol ar y llawr, chwalodd potel o chloroform, cyffur cryf sy'n gwneud i bobl gysgu. Dihangodd y nwy o'r botel a chafodd ei daro'n anymwybodol.

GOLAU AR Y GORAU

GEORGE BEST

George Best oedd **HOFF CHWARAEWR** Pelé **ERIOED**, sy'n ddigon o reswm i'w gynnwys yma.

Daeth Best yn wreiddiol o Ogledd Iwerddon, cafodd ei sgowtio pan oedd yn un deg chwech i chwarae dros Manchester United ond gadawodd am ei fod yn gweld eisiau ei gartref. Ac efallai mai dyna fyddai wedi bod y tro olaf i bobl weld y chwaraewr hwn a ddaeth i fod yn **UN O'R TRI CHWARAEWR CHWEDLONOL GORAU MEWN PÊL-DROED** heblaw am y ffaith i'r clwb gael sgwrs gydag e a'i rieni, a phenderfynu rhoi cyfle arall iddo ac mae'r gweddill yn hanes pêl-droed. Hwrê!

Roedd Best yn cyfuno **BALANS** perffaith, **CRYFDER** arbennig ar y bêl a **GORFFENIAD** marwol, a'r cyfan yn sicrhau mai fe, am gyfnod beth bynnag, oedd y chwaraewr gorau a welodd y byd erioed. Doedd e ddim yn fawr nac yn ymosodol ond rhywsut llwyddodd i oroesi taclo gan yr amddiffynwyr caletaf hyd yn oed, oedd yn edrych fel petaen nhw am chwalu ei bigyrnau am eu bod nhw mor rhwystredig. Yna byddai'n mynd yn ei flaen i sgorio gan ddangos y wên ddireidus honno oedd ganddo. Ond y peth pennaf oedd ei wylio'n newid cyfeiriad fel cath, gan symud fel slalom o gwmpas y cefnwyr a sgorio o ongl hollol amhosibl.

Ei nodwedd amlycaf — mewn oes pan oedd gan bawb deledu yn eu cartrefi erbyn hynny — oedd bod George Best yn edrych yn llawer, llawer CŴLACH nag unrhyw chwaraewr pêl-droed arall, nawr a phryd hynny.

Ond efallai mai dyma ble dechreuodd y trwbl, achos yn reit fuan daeth Best yr un mor enwog a phoblogaidd ag unrhyw seren fawr o Hollywood. Cyn hir, roedd yn mwynhau partïo'n fwy na chwarae i Man U.

Ac fe ddiflannodd yr hud.

Ond, am gyfnod byr, fe oedd David Beckham ei gyfnod, ond â gwell sgiliau, Pelé ond yn fwy cŵl, y Beatles ond yn fwy o hwyl i fod yn ei gwmni.

Efallai y gwnaeth yr holl fynd allan, mwynhau a gwario'i arian i gyd dorri ei amser fel chwaraewr yn fyr, ond fel y dywedodd e:

'Mi fyddan nhw'n anghofio'r holl rwtsh pan fydda i wedi mynd. Os oes dim ond un person yn meddwl mai fi yw'r chwaraewr gorau yn y byd, yna mae'n ddigon da i fi.'

Bendith arnat ti, George.

CYSTADLAETHAU CŴL A CHYN-ENILLWYR

ENILLWYR CWPAN Y BYD

CWPAN Y BYD FIFA DYNION

Dyddiad/Lleoliad	Enillwyr	Yr Ail Safle	Sgôr
1930 yn Uruguay	Uruguay	Yr Ariannin	4-2
1934 yn yr Eidal	Yr Eidal	Tsiecoslofacia	2-1 (AY)
1938 yn Ffrainc	Yr Eidal	Hwngari	4-2
1942 -	Dim cystadleuaeth		
1946 -	Dim cystadleuaeth		
1950 ym Mrasil	Uruguay	Brasil	2-1
1954 yn y Swistir	Gorllewin yr Almaen	Hwngari	3-2
1958 yn Sweden	Brasil	Sweden	5-2
1962 yn Chile	Brasil	Tsiecoslofacia	3-1
1966 yn Lloegr	Lloegr	Gorllewin yr Almaen	4-2 (AY)
1970 ym Mecsico	Brasil	Yr Eidal	4-1
1974 yng Ngorllewin yr Almaen	Gorllewin yr Almaen	Yr Iseldiroedd	2-1
1978 yn yr Ariannin	Yr Ariannin	Yr Iseldiroedd	3-1 (AY)
1982 yn yr Eidal	Yr Eidal	Gorllewin yr Almaen	3-1
1986 ym Mecsico	Yr Ariannin	Gorllewin yr Almaen	3-2
1990 yn yr Eidal	Gorllewin yr Almaen	Yr Ariannin	1-0
1994 yn UDA	Brasil	Yr Eidal	0-0 (3-2 COS)
1998 yn Ffrainc	Ffrainc	Brasil	3-0
2002 yn Siapan/ De Corea	Brasil	Yr Almaen	2-0
2006 yn yr Almaen	Yr Eidal	Ffrainc	1-1 (5-3 COS)
2010 yn Ne Affrica	Sbaen	Yr Iseldiroedd	1-0 (AY)
2014 yn Brasil	Yr Almaen	Yr Ariannin	1-0 (AY)
2018 yn Rwsia	Ffrainc	Croatia	4-2
2022 yn Qatar	– Yn chwarae yn ystod 2022		

AY = Amser ychwanegol
COS = Ciciau o'r smotyn

CWPAN Y BYD FIFA MENYWOD

Dyddiad	Lleoliad	Enillwyr	Yr Ail Safle	Sgôr
1991	Tsieina	UDA	Norwy	2-1
1995	Sweden	Norwy	Yr Almaen	2-0
1999	UDA	UDA	Tsieina	0-0 AY (5-4 COS)
2003	UDA	Yr Almaen	Sweden	2-1
2007	Tsieina	Yr Almaen	Brasil	2-0
2011	Yr Almaen	Siapan	UDA	2-2 AY
				(3-1 amser llawn)
2015	Canada	UDA	Siapan	5-2
2019	Ffrainc	UDA	Yr Iseldiroedd	2-0

CWPANAU A CHYNGREIRIAU ENWOG O GWMPAS Y BYD

ENILLWYR YR UWCH GYNGHRAIR

Dyddiad	Enillwyr	Yr Ail Safle
1992-93	Manchester United	Aston Villa
1993-94	Manchester United	Blackburn Rovers
1994-95	Blackburn Rovers	Manchester United
1995-96	Manchester United	Newcastle United
1996-97	Manchester United	Newcastle United
1997-98	Arsenal	Manchester United
1998-99	Manchester United	Arsenal
1999-2000	Manchester United	Arsenal
2000-01	Manchester United	Arsenal
2001-02	Arsenal	Lerpwl
2002-03	Manchester United	Arsenal
2003-04	Arsenal	Chelsea

2004-05	• Chelsea	• Arsenal
2005-06	• Chelsea	• Manchester United
2006-07	• Manchester United	• Chelsea
2007-08	• Manchester United	• Chelsea
2008-09	• Manchester United	• Lerpwl
2009-10	• Chelsea	• Manchester United
2010-11	• Manchester United	• Chelsea
2011-12	• Manchester City	• Manchester United
2012-13	• Manchester United	• Manchester City
2013-14	• Manchester City	• Lerpwl
2014-15	• Chelsea	• Manchester City
2015-16	• Leicester City	• Arsenal
2016-17	• Chelsea	• Tottenham Hotspur
2017-18	• Manchester City	• Manchester United
2018-19	• Manchester City	• Lerpwl
2019-20	• Lerpwl	• Manchester City
2020-21	• Manchester City	• Manchester United
2021-22	• Manchester City	• Lerpwl

CWPAN CENHEDLOEDD AFFRICA

Dyddiad	• Lleoliad	• Enillwyr	• Yr Ail Safle
2021	• Camerŵn	• Senegal	• Yr Aifft
2019	• Yr Aifft	• Algeria	• Senegal
2017	• Gabon	• Camerŵn	• Yr Aifft
2015	• Guinea Gyhydeddol	• Y Traeth Ifori	• Ghana (COS)
2013	• De Affrica	• Nigeria	• Burkina Faso
2012	• Gabon	• Zambia	• Y Traeth Ifori (COS)
2010	• Angola	• Yr Aifft	• Ghana
2008	• Ghana	• Yr Aifft	• Camerŵn

COPA LIBERTADORES

Dyddiad	Lleoliad	Enillwyr	Yr Ail Safle
2021	Uruguay	Palmeiras	Flamengo
2020	Brasil	Palmeiras	Santos
2019	Brasil	Flamengo	River Plate
2018	Yr Ariannin	River Plate	Boca Juniors
2017	Brasil	Grêmio	Lanús N/A
2016	Columbia	Atlético Nacional	Independiente
2015	Yr Ariannin	River Plate	Tigres UANL

UEFA CHAMPIONS LEAGUE

Dyddiad	Lleoliad	Enillwyr	Yr Ail Safle
2021-22	Ffrainc	Real Madrid	Lerpwl
2020-21	Portiwgal	Chelsea	Manchester City
2019-20	Portiwgal	Bayern Munich	Paris St-Germain
2018-19	Sbaen	Lerpwl	Tottenham
2017-18	Wcráin	Real Madrid	Lerpwl
2016-17	Caerdydd	Real Madrid	Juventus
2015-16	Yr Eidal	Real Madrid	Atlético Madrid
2014-15	Yr Almaen	Barcelona	Juventus

CYNGHRAIR EUROPA UEFA

Dyddiad	Lleoliad	Enillwyr	Yr Ail Safle
2020-21	Gwlad Pwyl	Villarreal	Man Utd
2019-20	Yr Almaen	Sevilla FC	Inter Milan
2018-19	Azerbaijan	Chelsea	Arsenal
2017-18	Ffrainc	Athletico Madrid	Marseille
2016-17	Sweden	Man Utd	Ajax
2015-16	Y Swistir	Sevilla FC	Lerpwl
2014-15	Gwlad Pwyl	Sevilla FC	Dnipro

EWRO UEFA MENYWOD

Dyddiad	Lleoliad	Enillwyr	Yr Ail Safle
2022	Lloegr	Lloegr	Yr Almaen
2017	Yr Iseldiroedd	Yr Iseldiroedd	Denmarc
2013	Sweden	Yr Almaen	Norwy
2009	Y Ffindir	Yr Almaen	Lloegr
2005	Lloegr	Yr Almaen	Norwy

EWRO UEFA

Dyddiad	Lleoliad	Enillwyr	Yr Ail Safle
2021	Lloegr	Yr Eidal	Lloegr
2016	Ffrainc	Portiwgal	Ffrainc
2012	Gwlad Pwyl ac Wcráin	Sbaen	Yr Eidal
2008	Awstria a'r Swistir	Sbaen	Yr Almaen
2004	Portiwgal	Gwlad Groeg	Portiwgal
2000	Gwlad Belg a'r Iseldiroedd	Ffrainc	Yr Eidal
1996	Lloegr	Yr Almaen	Y Weriniaeth Siec
1992	Sweden	Denmarc	Yr Almaen

COPA AMERICA

Dyddiad	Lleoliad	Enillwyr	Yr Ail Safle
2011	Yr Ariannin	Uruguay	Paraguay
2015	Chile	Chile	Yr Ariannin
2016	UDA	Chile	Yr Ariannin
2019	Rio	Brasil	Periw
2021	Rio	Yr Ariannin	Brasil

PENCAMPWRIAETH SAFF

Dyddiad	Lleoliad	Enillwyr	Yr Ail Safle
2009	Bangladesh	India	Maldives
2011	India	India	Afghanistan
2013	Nepal	Afghanistan	India
2015	India	India	Afghanistan
2018	Bangladesh	Maldives	India
2021	Maldives	India	Nepal

CWPAN ASIA AFC

Dyddiad	Lleoliad	Enillwyr	Yr Ail Safle
2019	EAU	Qatar	Siapan
2015	Awstralia	Awstralia	De Corea
2011	Qatar	Siapan	Awstralia
2007	Indonesia	Irac	Saudi Arabia

CWPAN CONFFEDERASIYNAU FIFA

Dyddiad	Lleoliad	Enillwyr	Yr Ail Safle
2005	Ffrainc	Ffrainc	Camerŵn
2005	Yr Almaen	Brasil	Yr Ariannin
2009	De Affrica	Brasil	UDA
2013	Brasil	Brasil	Sbaen
2017	Rwsia	Yr Almaen	Chile

GEMAU OLYMPAIDD

Dynion	Lleoliad	Aur	Arian	Efydd
1996	UDA	Nigeria	Yr Ariannin	Brasil
2000	Awstralia	Camerŵn	Sbaen	Chile
2004	Gwlad Groeg	Yr Ariannin	Paraguay	Yr Eidal
2008	Tsieina	Yr Ariannin	Nigeria	Brasil
2012	DU	Mecsico	Brasil	De Corea
2016	Brasil	Brasil	Yr Almaen	Nigeria
2020	Siapan	Brasil	Sbaen	Mecsico

Menywod	Lleoliad	Aur	Arian	Efydd
1996	UDA	UDA	Tsieina	Norwy
2000	Awstralia	Norwy	UDA	Yr Almaen
2004	Gwlad Groeg	UDA	Brasil	Yr Almaen
2008	Tsieina	UDA	Brasil	Yr Almaen
2012	DU	UDA	Siapan	Canada
2016	Brasil	Yr Almaen	Sweden	Canada
2020	Siapan	Canada	Sweden	UDA

FFAITH DIFYR

Cynghrair Bêl-droed Ynysoedd Sili yw'r lleiaf yn y byd gyda dau dîm yn unig (**Woolpack Wanderers** a'r **Garrison Gunners**) sy'n chwarae yn erbyn ei gilydd **ddeunaw o weithiau**. Mae'n gysylltiedig â'r **Gymdeithas Bêl-droed (FA)**.

MARCUS RASHFORD

Caiff Rashford ei ystyried yn un o'r chwaraewyr
MWYAF GWERTHFAWR yn Ewrop. Mae'r chwaraewr
hwn, sy'n chwarae i Man U a Lloegr, wedi cyflawni
llawer iawn mewn ychydig bach o flynyddoedd – dros
100 o goliau gwych, 12 ohonyn nhw dros Loegr. Mae'n
ATHLETWR HEB EI AIL, mae hefyd yn un o'r
blaenwyr mwyaf eu parch sy'n chwarae yn unrhyw le,
yn enwedig gan chwaraewyr eraill sy'n aml yn gorfod
dyblu i fyny dim ond er mwyn gallu ei daclo.

Ac mae e jyst yn mynd i ddal ati i wella.

Mae'n well ganddo'r ystlys chwith, fel ei fod yn gallu
defnyddio'i droed dde, sy'n well ganddo ac mae wedi
etifeddu crys Rhif 10 pwysig Wayne Rooney.

**OND NID DYNA'R UNIG RESWM DROS EI
GYNNWYS YMA. MAE RASHFORD YN UN O'R
DYNION DA YM MYD PÊL-DROED, AR Y CAE,**

AC YN ENWEDIG ODDI ARNO. Mae ei waith yn ymgyrchu dros y digartref, yn erbyn hiliaeth a newyn plant wedi dangos i bawb — hyd yn oed y rhai hynny nad ydyn nhw'n gefnogwyr pêl-droed — sut gall chwaraewr pêl-droed ifanc o gefndir cyffredin **WNEUD Y BYD YN WELL LLE.** Mae ei waith ar Dlodi Bwyd Plant wedi golygu iddo dderbyn anrhydedd yr MBE.

Mae'n awdur hynod o lwyddiannus hefyd — mae ei lyfr cyntaf You Are a Champion yn werthwr anferthol, sydd wedi arwain ato'n gweithio gyda chyhoeddwyr i gynyddu darllen i blant benbaladr.

Ddim yn ffôl am rywun 24 mlwydd oed!

Ar ôl Euro 2022, pan ddifrodwyd murlun stryd ohono, daeth y bobl leol allan a gorchuddio'r graffiti anfoesgar a chywilyddus gyda negeseuon o gariad a chefnogaeth.

Mae'n haeddu'r holl glod mae'n ei gael, a mwy.

GEIRIAU ALLWEDDOL A'U HYSTYR

Angor canol cae

Chwaraewr canol cae sy'n amddiffyn yn arbennig o dda. Un sydd â'r gwaith o aros yn agos i'r llinell amddiffyn ac atal ymosodiadau cyn iddyn nhw gychwyn. Gweler: Casemiro neu N'Golo Kanté.

Ar blât! (*Sitter*)

Methiant ofnadwy gan chwaraewr i gymryd cyfle a oedd yn cael ei ystyried yn un hynod hawdd i sgorio.

Ar bigau'r drain! (*Squeaky-bum time*)

Diwedd gêm sy'n agos iawn rhwng dau dîm (mae'n gynhyrfus ac yn ddychrynllyd ar yr un pryd).

Ar garlam

Ffordd arall o ddweud driblo.

Blaenwr targed (*Target man*)

Blaenwr sy'n cael ei dargedu'n aml gan groesiadau, peli hirion a phasys uchel am ei allu yn yr awyr (fel arfer am ei fod yn dal, ac â phen fel carreg) a gallu fel gorffennwr. Gweler: Zlatan Ibrahimovic, Didier Drogba a Kieffer Moore ymhlith eraill.

Blocio pwrpasol (*Obstruction*)

Techneg amddiffynnol anghyfreithlon. Pan fo chwaraewr sy'n amddiffyn sydd heb reolaeth o'r bêl yn rhoi ei gorff rhwng y bêl a gwrthwynebydd sy'n ymosod ac yn blocio er mwyn atal y gwrthwynebydd rhag cyrraedd y bêl.

Brace

Gair sy'n cael ei ddefnyddio i ddisgrifio chwaraewr sy'n sgorio dwy gôl mewn un gêm. (*Scoring a brace* yn Saesneg.)

Cadarnle

Maes cartref ble nad yw'r tîm cartref yn dueddol o golli'r un gêm.

Cadw i'r ystlys (*Hug the line*)

Y cyfarwyddyd gaiff ei roi i chwaraewr ar yr asgell
i aros yn agosach at yr ystlys, yn enwedig wrth
ddriblo tuag ymlaen.

Cefn y rhwyd

Ffordd o ddisgrifio'r bêl yn croesi'r llinell gôl a
thasgu mewn i'r rhwyd.

Cic dros ben (*Bicycle kick*)

Pan fydd chwaraewr yn neidio i fyny gyda'i gefn
tuag at y gôl ac yn cicio'r bêl mewn symudiad fel
pedlo beic er mwyn anfon y bêl i'r gwrthwyneb i'r
ffordd y mae'n wynebu. Caiff ei adnabod hefyd yn
Saesneg fel *overhead kick*.

Cic hosan

Ergyd sâl tuag at y gôl, fel arfer pan mae'r
chwaraewr heb daro'r bêl yn iawn gyda'i droed.

Cic letraws

Symud y bêl o un ystlys o'r cae i'r llall yn gyflym, fel
arfer gyda phàs hir.

Cliria hi!
Rhywbeth sy'n cael ei weiddi gan gyd-chwaraewyr
er mwyn i'r chwaraewr gicio'r bêl gyda phŵer llawn
i'w chael hi i symud i ffwrdd o'u gôl nhw.

Codi'r bêl (*Chip shot*)
Cicio'r bêl oddi tani er mwyn gwneud iddi godi dros
y golwr. Mae Lionel Messi yn enwog am hyn.

Colli'r ystafell newid
Brawddeg i ddisgrifio sefyllfa ble mae'r rheolwr wedi
colli rheolaeth dros y chwaraewyr a cholli eu parch
nhw.

CPD (*FC*)
Yn sefyll am 'Clwb Pêl-droed'. Hawdd.

Creu (gôl) (*assist*)
Pan fo pàs yn arwain at sgorio gôl.

Cupset
Gair gwneud o ddau air Saesneg, pan fo tîm llai
yn curo tîm mwy yn annisgwyl yn y cwpan
('upset'+ 'cup').

Chwarae mantais

Pan mae trosedd wedi digwydd, ond dydy'r dyfarnwr ddim yn chwythu ei chwiban, gan adael i'r chwarae barhau am fod y tîm yn dal mewn safle ymosodol addawol.

Chwaraewr bocs-i-focs (*Box-to-box player*)

Chwaraewr canol cae sy'n medru chwarae rôl amddiffynnol ac ymosodol. Fel Yaya Touré neu Patrick Vieira.

Chwip o gôl

Gôl ardderchog, cracyr, wedi'i chicio o bellter fel arfer.

'D'

Yr hanner cylch ar ymyl y cwrt cosbi sy'n cael ei ddefnyddio i ddangos y pellter 10-llath o gwmpas y smotyn penalti. Weithiau caiff ei adnabod fel yr arc gosb (penalty arc).

Dangos ei hun (*Showboat*)

Chwaraewr sy'n gwneud triciau pan nad oes angen, dim ond i ddangos ei allu ac weithiau sgorio wrth wneud.

Deifio

Pan fydd chwaraewr yn ceisio twyllo dyfarnwr drwy syrthio a rholio o gwmpas fel twpsyn er mwyn ceisio ennill cic o'r smotyn i'w dîm. Y gosb fydd cerdyn melyn.

Deuddegfed dyn

Mae dau ystyr gwahanol i hwn. Erbyn heddiw, fel arfer mae'n golygu'r cefnogwyr sy'n gwneud cymaint o sŵn ag y gallan nhw er mwyn helpu eu tîm i ennill, fel Wal Goch Cymru. Weithiau, gall hefyd gyfeirio at eilydd, chwaraewr nad yw'n rhan o'r un ar ddeg sydd ar y cae ar y dechrau, ond sy'n dod oddi ar y fainc ar ryw bwynt yn ystod y rhan fwyaf o'r gemau.

Dr Griffin

Dr Griffin oedd enw'r Invisible Man. Felly mae pàs 'at Dr Griffin' yn golygu pàs i wagle neu fwlch sy'n methu pob un o dy gyd-chwaraewyr di. Efallai fod y term yn un hen ffasiwn erbyn hyn ac mai pàs i nunlle fydden ni'n ei ddweud heddiw.

Dribl morlo

Rhedeg heibio i amddiffynnwr, a bownsio'r bêl ar y pen wrth fynd. Fel morlo.

Dyfarnwr Fideo Cynorthwyol (*VAR*)

Technoleg fideo sy'n cael ei defnyddio i gywiro camgymeriadau 'amlwg a chlir', yn cynnwys goliau, ciciau o'r smotyn, cardiau coch a chamgymryd. Bydd y penderfyniad terfynol yn cael ei gymryd gan y dyfarnwr sydd ar y cae bob tro.

Elastico

Symud y bêl i un cyfeiriad ar ôl esgus driblo i'r cyfeiriad arall gyda symudiad cyfrwys o'r corff. Caiff ei adnabod hefyd fel y *flip flap* neu'r *snakebite* am ei fod yn edrych fel y ffordd mae neidr yn symud.

Ergyd wefreiddiol (*Screamer*)

Cic anferthol, o bellter, sy'n gwneud i'r dorf ruthro i'w thraed gan weiddi'n uchel fel un.

Fox in the box

Rhywun sy'n hongian o gwmpas y gôl, yn gobeithio sgorio'n hawdd. Hefyd yn cael ei ddisgrifio fel *poacher*.

Fflicio ymlaen

Symudiad ble mae'r chwaraewr sy'n ymosod yn taro'r bêl gyda'i droed neu ei ben wrth iddi basio heibio, heb ei rheoli yn gyntaf. Mae ychydig bach fel pàs tro cyntaf, ond ddim yn hollol.

Ffug rediad (*Dummy run*)
Rhediad oddi ar y bêl gaiff ei wneud gan chwaraewr
sy'n ymosod er mwyn creu bwlch ar gyfer ei gyd-
chwaraewr sydd â'r bêl. Caiff ei ddefnyddio i
dwyllo'r gwrthwynebwyr.

Gêm i ddod (*Fixture*)
Gêm sydd heb ei chwarae eto.

Gêm o ddwy hanner
Pan fydd gêm wedi cael dwy hanner wahanol iawn
i'w gilydd (yn ôl y nifer o goliau a sgoriwyd fel arfer).

Gorffeniad clinigol (*Clinical finish*)
Ergydiad cŵl a chlinigol sy'n mynd i mewn yn syth
i'r gôl. Caiff sgoriwr y gôl ei alw'n orffennwr clinigol.
Dydy hynny'n ddim i'w wneud â bod yn ddoctor.

Gosod y bêl (*Lay-off pass*)
Pàs fer, i'r ochr fel arfer, wedi'i chicio'n ofalus i'r
bwlch o flaen cyd-chwaraewr sydd ar fin cyrraedd
ar wib o du ôl i'r chwaraewr oedd yn gwneud y bàs.
Byddai'r chwaraewr oedd yn derbyn y bàs wedyn yn
medru cymryd rheolaeth o'r bêl heb ei bwrw oddi ar
ei hechel, neu (os ydyn nhw'n ddigon agos at y gôl)
roi cais ar sgorio gydag ergyd tro cyntaf.

Group of death

Grŵp mewn pencampwriaeth sy'n cynnwys timau anodd eu curo.

Gŵr bonheddig (*Class act*)

Chwaraewr neu reolwr sydd ag agwedd ardderchog ac sy'n gwrtais oddi ar y cae.

Hat-tric

Pan fydd chwaraewr yn sgorio tair gôl mewn gêm. Cafodd y term ei ddefnyddio gyntaf ar gyfer rhywun oedd wedi cymryd tair wiced yn olynol mewn gêm o griced. Ceir hat-tric berffaith pan fydd chwaraewr yn sgorio tair gôl mewn un gêm, un gyda'r droed chwith, un gyda'r droed dde ac un drwy benio.

Hunllef (*Howler*)

Camgymeriad ofnadwy sy'n cael ei wneud gan chwaraewr.

Knuckleball

Cicio'r bêl (fel arfer o bellter) fel nad yw'r bêl ei hun yn troelli braidd o gwbl, ond mae'n gwneud iddi wau o gwmpas mewn ffordd ryfedd a (gobeithio) drysu'r gôl-geidwad. Mae Gareth Bale a Cristiano Ronaldo yn hoffi defnyddio'r dechneg yma ar giciau rhydd.

Kop

Dyma'r enw am yr eisteddle yn syth y tu ôl i'r gôl.
Caiff ei ddefnyddio'n aml i gyfeirio at yr eisteddle ar
faes Anfield, Lerpwl, ond mae gan stadiymau fel y
Cae Ras yn Wrecsam eu 'Kop' eu hunain hefyd.

Llawio anfwriadol (*Ball-to-hand*)

Pan fydd y cyswllt rhwng y llaw a'r bêl wedi'i
gwneud mewn camgymeriad, felly ni ddylai haeddu
cosb. Caiff benderfynu hynny'n aml drwy edrych
a yw'r fraich mewn 'safle annaturiol'. Anodd i'w
ddyfarnu.

Llechen lân

Pan fydd tîm neu gôl-geidwad yn chwarae heb adael
unrhyw goliau i mewn.

Llumanwr

Enw am ddyfarnwr cynorthwyol sy'n gweithio ar yr
ystlys. Mae dau ymhob gêm, un bob ochr.

'Man on!'

Cri uchel – fel tasai rhywun ar ben mast llong
hwylio – er mwyn roi gwybod i gyd-chwaraewr
sydd â'r bêl fod gwrthwynebydd ar y ffordd neu'n
beryglus o agos.

Minnows

Tîm bach sy'n curo tîm sylweddol uwch, mewn gêm gwpan fel arfer.

Nutmeg

Cicio neu roi'r bêl drwy goesau gwrthwynebydd. Gwych pan mae'n llwyddo.

Oddi ar y llinell

Pan fydd chwaraewr (arwr) yn llwyddo i arbed y bêl rhag croesi'r llinell gôl.

Panenka

Symudiad tra medrus a ddefnyddir wrth gymryd cic o'r smotyn. Bydd y chwaraewr sy'n cymryd y gic yn codi'r bêl i lawr canol y gôl wrth i'r gôl-geidwad ddeifio, yn hytrach na tharo'r bêl yn galed i'r gornel.

Parcio'r bws

Chwarae'n hynod amddiffynnol fel nad oes unrhyw goliau'n cael eu gadael i mewn. Mae'n dacteg sy'n cael ei defnyddio gan dîm sydd ar y blaen fel arfer.

Pàs Ambiwlans (*Hospital pass*)

Pàs sy'n rhoi cyd-chwaraewr mewn trwbl, er enghraiflt, pàs sy'n golygu ei fod mewn perygl o golli meddiant.

Pàs tro cyntaf (*First-time ball*)
Pasio'r bêl i gyd-chwaraewr gydag un cyffyrddiad.

Pêl-droed negyddol
Pan fydd tîm yn rhy amddiffynnol, gan gau'r gêm i lawr. Diflas.

Row Z
Y rhes yn yr eisteddleoedd sydd bellaf i ffwrdd o'r cae. Fel arfer bydd sylwebwyr yn sôn amdani pan fydd ergyd am y gôl mor galed ond yn bell o'i lle ac yn saethu filltiroedd i ffwrdd o'r targed (mewn i res Z, sef y rhes bellaf i ffwrdd).

Rheda fe i ffwrdd
Os caiff chwaraewr ei anafu, bydd rhywun yn siŵr o ddweud wrtho i wneud hyn. Mae'n golygu nad ydyn nhw'n meddwl ei fod yn anaf difrifol ac os wnaiff y chwaraewr godi a rhedeg o gwmpas, fe wnaiff anghofio am yr anaf. Yn aml maen nhw'n iawn, gwaetha'r modd. Ond ni ddylai unrhyw chwaraewr drio hwn os oes gwaed ymhob man a bod y goes yn edrych fel tasai ganddi blygiad ychwanegol ynddi neu'n edrych fel coes sombi.

Rheol pàs yn ôl (*Back-pass rule*)
Dechreuwyd gwneud hyn i gyflymu'r chwarae. Gall gôl-geidwad ddim codi'r bêl os yw hi wedi cael ei phasio'n ôl ato ef neu hi yn fwriadol gan aelod arall o'i dîm. Rhaid iddyn nhw ei chicio.

Rhith-gôl (*Ghost goal*)
Pan nad yw gôl yn cael ei chaniatáu, er ei bod hi'n croesi'r llinell gôl.

Rhoi dy droed drwyddi (*Hoof*)
Cicio'r bêl cyn galeted ag y bo modd tuag at y gôl ochr draw.

Rhoi llond pen! (*Hairdryer treatment*)
Pan fydd rheolwr yn rhoi pryd o dafod ac yn gweiddi'n uchel ar chwaraewr yn yr ystafell newid. Dyfeisiwyd y term gan gyn-reolwr Manchester United, Alex Ferguson.

Sbwng hud
Sbwng gyda nodweddion chwedlonol hud ar gyfer gwella chwaraewyr wedi'u hanafu.

Styds
Y darnau plastig neu fetel ar wadnau esgidiau
pêl-droed sy'n atal chwaraewr rhag syrthio drosodd
neu lithro'r holl ffordd ar draws y cae ac i mewn i'r
maes parcio.

Taro ffrâm y gôl
Y bêl yn taro un o'r pyst neu drawst y gôl.

Tlysau (*Silverware*)
Gair arall am gwpanau.

Toepoke
Cicio'r bêl (yn galed) gyda blaen bysedd y traed.

Trebl
Ennill tair cystadleuaeth fawr mewn un tymor.

Unioni'r sgôr
Pan fydd tîm yn sgorio i ddod yn gyfartal yn erbyn y
tîm arall.

Wedi bod ym mhobman (*Put in a shift*)
Pan fydd chwaraewr wedi ymdrechu'n galed drwy'r
gêm, yn enwedig os ydyn nhw wedi gwneud hynny
ym mhob rhan o'r cae.

Yn ei boced/phoced

Mae'n cyfeirio at un chwaraewr sydd wedi bod yn
feistr ar wrthwynebydd yn ystod gêm.

Yno i'w hennill! (*Fifty-fifty*)

Pan allai tacl gael ei hennill gan chwaraewr o'r
naill dîm ac mae gan y ddau yr un cyfle o gael y bêl.
Cynhyrfus.

'Yma o Hyd'

Y gân a gyfansoddodd Dafydd Iwan 'nôl yn 1983 ar
adeg anobeithiol yn hanes Cymru. Caiff ei chanu cyn
ac yn ystod gemau Cymru ac mae'n tanio'r Wal Goch
a'r chwaraewyr fel ei gilydd. Mae'n arwydd o obaith
ac mae'n uno'r genedl. 'Ry'n ni yma o hyd ...!'

Y gyntaf yn y gyfres **Campau Campus** sy'n ceisio gwneud i **Add. Gorff.** Yr hyn wnaeth Horrible Histories, Hanes Atgas a Maginogi-ogi i **Hanes Blwyddyn 7**.

Bydd gan bob pennod **gartwnau**, **tips i chwaraewyr** na fyddi di'n eu cael gan dy hyfforddwr, **esboniadau**, **ffeithiau difyr** ac – ie – **straeon doniol**. Bydd yn dy ddysgu di cymaint am **ysbryd** y gêm a'r **rheolau**, gobeithio.

OEDDET TI'N GWYBOD?

Mae pobl yn meddwl y cychwynodd **criced** fel ffordd i **fugeliaid yn Lloegr** i dreulio'u hamser wrth warchod eu defaid, y defaid oedd y rhai cyntaf i **faesu** fwy na thebyg, a gallan nhw ddim bod yn waeth ar wneud hynny na dy frawd bach.

Dechreuodd y gêm yn **Lloegr** yn yr **16^{eg} ganrif**, ysgrifennwyd am gêm a gynhaliwyd yn **Aleppo, Syria** yn **1676**! Cynhaliwyd y gêm ryngwladol gyntaf rhwng **America** a **Chanada** yn **Efrog Newydd yn 1844**. Mae'r **gemau prawf criced** yn un o'r gemau hiraf yn y byd (**5 niwrnod** fel arfer). Yr ornest **hiraf** a gynhaliwyd erioed oedd rhwng **Lloegr** a **De Affrica** – gwnaeth hi bara am bythefnos!

Amcangyfrifir fod tua **60 miliwn yn chwarae** criced yn y byd gyda thro **2 biliwn o gefnogwyr**, sy'n gwneud criced y gamp **ail fwyaf poblogaidd** yn y byd ar ôl pêl-droed. Caiff ei chwarae mewn dros **100 o wledydd**.

CYDNABYDDIAETHAU

Does yna'r un llyfr yn waith un person yn unig gant y cant – ac fel gyda'r pethau gorau mewn bywyd (gan gynnwys pêl-droed), mae'n waith tîm. Fydden i ddim wedi gallu rhoi llyfr hanner cystal i chi heb Matt Cherry ardderchog a'i ddyluniadau sydd hyd yn oed yn fwy ardderchog. Rydw i hefyd y tu hwnt o ddiolchgar i John-Mark Hanrahan, Chris Bennett, Rebecca Lloyd a phawb yn Firefly Press am gywiro fy sillafu a gwirio ffeithiau a chwerthin yn y mannau cywir.

… a dyma nodyn bach cyflym am y ffeithiau hynny: er ein bod ni wedi cymryd gofal i wirio rheolau, ystadegau a ffeithiau, mae pêl-droed yn gêm hylifol: gall rheolau newid, mae modd dadlau ynglŷn â ffeithiau ac mae rheolau'n cael eu torri dro ar ôl tro. Os oes unrhyw beth yn anghywir neu sydd wedi newid yn y llyfr ers i mi ei ysgrifennu, yna fy mai i yw hynny. Dyma lyfr am ysbryd pêl-droed yn fwy na dim – ac yn debyg iawn i'r gêm brydferth ei hun – gall fod ganddo feiau, ond mae ei galon yn y man iawn, gobeithio.